Joachim Barmwoldt

Beobachtungen in Polen
von 2001 bis 2007

Notizen eines mitreisenden Haus- und Ehemannes

Bibliografische Information der Deutschen Nationalbibliothek
Die Deutsche Nationalbibliothek verzeichnet diese Publikation in der
Deutschen Nationalbibliografie; detaillierte bibliografische Daten sind
im Internet über http://dnb.dnb.de abrufbar.

© 2014 Joachim Barmwoldt, Neuwied/Rhein
Satz, Umschlaggestaltung, Herstellung und Verlag:
BoD – Books on Demand
ISBN 978-3-7357-7313-5

Beobachtungen in Polen von 2001 bis 2007

Inhalt

Vorwort 9

Einleitung 11

Alltag 13
Entdeckungen im winterlichen Warschau
Eisbusse auf Warschaus Straßen
Warschaus Elite wohnt hinter Gittern
Alltag einer deutschen Korrespondentin
Gift tropft aus dem Wasserhahn
Warschau erwacht zum zweiten Frühling
Der Boom der Coffee Shops
Amerikas Weihnachtsrummel überrollt Polen

Aufreger 39
Bestechungs-Skandale erschüttern Polen
Billige Pillen überschwemmen Polen
Benzin-Panschern geht es an den Kragen
Polens schwieriger Weg zu Autobahnen
Schlachter warten schon auf Fohlen
Martinsgänse lindern die Not
Solidarnosc-Veteran hofft auf ein Wunder

Aufbruch 58
Danziger Werft wird eine »Junge Stadt«
Hunderttausende Polen arbeiten im Ausland
Wie Steffen Möller ganz Polen begeistert
Erste Koch-Akademie in Polen eröffnet
Warschauer Elite verkostet deutsche Weine
Tyskie drängt auf den deutschen Biermarkt
Zur Schönheits-Operation nach Polen

Hotelboom   **76**
    Bristol: Warschaus feinste Adresse wird 100
    Hotelboom an der Weichsel
    Sandro Bohrmann mit 31 an der Spitze
    Im InterConti über den Wolken schwimmen
    Kloster-Ambiente in ehemaliger US-Botschaft
    Warschauer Hotels weltweit im Fernsehen
    Schönheitskönigin eröffnet Urwaldhotel
    Enözels Landhotel im Eulengebirge
    Tagen und Relaxen vor Tatra-Gipfeln

Reiseziele   **99**
    Hinterm Oderdeich geht's weiter
    Das Riesengebirge blüht wieder auf
    Biber, Bär und hohe Berge
    Polens Tataren beten in Holzmoscheen
    Mit dem Zweimaster auf Angeltour

Geschichte   **118**
    Polen in die EU: Schröders Ratschlag
    Schröder erwartet Zustimmung
    Im Wahlkampf punkten EU-Gegner
    Museum des Warschauer Aufstands
    Neues Museum: Papst ehrt die Helden
    Schröder im Museum
    »Solidarnosc wirkt bis heute nach«
    Solidarnosc: Lech Walesa zieht Bilanz

Der polnische Papst   **138**
    Pole spielt Hauptrolle im Papstfilm
    Polens größte Kirche eingeweiht
    Neue Kirche in altem Kraftwerk
    Papst-Begräbnis: Sonderzüge nach Rom
    »Die ganze Welt weint«

Aus für Papst-Mokassins
Die zweitgrößte Devotionalienmesse der Welt
Wadowice trauert um Johannes Paul II.

Nachwort 155

Vorwort

Es liegt direkt nebenan. Wir sind Nachbarn. Aber Polen scheint für Deutsche oftmals weiter weg als Griechenland oder Tunesien. Dabei haben Polen und Deutschland eine jahrhundertalte gemeinsame Geschichte – mit guten und leider auch furchtbaren Jahren. Heute geht man mit schnellen Schritten wieder auf einander zu. Einer der mittendrin war in diesem Prozess des Zusammenwachsens, der Beobachtung der polnischen Gesellschaft, des sich erneuten Kennenlernens ist Jo Barmwoldt. Weshalb er ein Vorwort gerade von mir wollte, bleibt mir rätselhaft. Ich vermute es liegt daran, dass ich seit 17 Jahren mit einer Polin verheiratet bin. Und durch sie, ihre Familie und ihre Freunde sowie durch unzählige Reisen nach Polen viel gelernt habe.

Aber meine Lebensgeschichte (wohnhaft in Berlin) spielt nur am Rand des polnischen Lebens. Jo ist über Jahre hinein getaucht – in die Mitte Polens. Er hat es gelebt. Seine Kenntnis über polnische Politik, Wirtschaft, Abwege, Land und Leute ist profund. Was aber vielmehr zählt: Jo hört und sieht mit dem Herzen. Er redet nicht einfach mit Menschen – er versucht, sie zu verstehen. Er ist dran am Menschen und dabei ein grandioser Erzähler.

Jo nennt sich im Buch »Hausmann«. Ich wünschte, jeder Journalist wäre ein Hausmann. Aber vielleicht liegt es nur an Jo. Wenn er über Polen schreibt, bin ich mit meinen Gedanken dort. Spüre das Leben, die Umbrüche, die unterschiedliche und doch ähnliche Mentalität. Meine Frau Barbara – wie gesagt eine Polin – sagt: »Jürgen, lern von Jo – der weiß, wie wir Polen ticken.«

Ich war einer der ersten, die Jo's Buch lesen durften. Für mich war es eine wunderbare Reise in ein faszinierendes Land und zu Menschen, die ich lieben lernte. Für alle, die es erst jetzt lesen dürfen, beginnt jetzt eine interessante und liebenswerte Reise.

Jürgen Kowallik
Berlin im Oktober 2013

Einleitung

Als mitreisender Haus- und Ehemann kam ich, Joachim Barmwoldt, im Frühsommer 2001 nach Warschau. Doris, meine liebe Ehefrau, berichtete von dort als Auslandskorrespondentin für das »Handelsblatt«. Es war die Zeit, als Polen zwar politisch gewendet, aber noch keineswegs Mitglied in der Europäischen Union (EU) war. Das bedeutete: Als Deutsche mussten wir unsere Reisepässe zeigen, wenn wir nach Polen einreisten. Und ein Umzug nach Polen kostete damals viel Zeit, viel Geld und vor allem Nerven – wegen all der auszufüllenden Zollformulare und der Fotos, mit denen wir unser ererbtes Mobiliar dokumentieren mussten. Doch schließlich hatten wir alle Dokumente und Belege beisammen; im Juni zogen wir um – von Berlin nach Warschau.

In den folgenden sechs Jahren haben wir Polen sehr intensiv erlebt: Zunächst und vor allem die vielen liebenswürdigen Menschen, die wir kennen gelernt haben. Dann die herrlich komplizierte Sprache – die Polnischkurse im IKO-Institut in Warschau und vor allem bei der geduldigen Privatlehrerin Ania Kosinska haben sich tief in mein Gedächtnis eingegraben. Außerdem wurden Doris und ich Zeugen vieler positiver Veränderungen – sowohl im Alltag als auch in Polens Politik, Wirtschaft und Gesellschaft. Es gab zwar viele Krisen, also wunderbare Geschichten für Journalisten. Aber insgesamt spürten wir: »Es wird besser, es geht aufwärts, es geht in die richtige Richtung.« Am 1. Mai 2004 trat Polen der EU bei.

Die gute Stimmung beflügelte auch uns: Im Sommer 2005 gebar Doris in Warschau unsere Tochter Sophie. Die Schwangerschaftsvertretung übernahm ich; etwa sechs Wochen lang habe ich über Aktuelles und Skurriles aus Polen berichtet. Anschließend kümmerte ich mich um Sophie und um den Haushalt – da war ich also wieder ganz der mitreisende Ehemann, der Hausmann und sogar der Papa. Das blieb auch so nach 2007, als wir weiter nach Osten zogen, nach Moskau. So weit, so gut.

Doch manchmal frage ich mich: An welche Beobachtungen in Polen erinnere ich mich? Welche Eindrücke haben überdauert? Nun, es sind einige. Zum Beispiel mein Interview mit Lech Walesa, die landesweite Trauer um Papst Johannes Paul II. und die Besuche von Bundeskanzler Gerhard Schröder in Polen.

Auch Episoden aus dem Alltag haben sich tief in mein Gedächtnis gegraben: die schneereichen Winter in Warschau, das ungenießbare Wasser aus dem Wasserhahn, die riesigen neuen Einkaufszentren und der Weihnachtsrummel, der Polen in den Nullerjahren überrollte. Andererseits kamen auch Deutsche nach Polen, um dort zu arbeiten und Karriere zu machen – wie der Kabarettist Steffen Möller. Luxuriöse Hotels eröffneten ebenso ihren Betrieb wie hoch spezialisierte Beauty-Kliniken – starke Kontraste zu den Moscheen der Tataren im äußersten Nordosten Polens. Kurzum: Polen ermöglichte zwischen 2001 und 2007 viele ungewöhnliche und spannende Beobachtungen. Die Details stehen auf den folgenden Seiten.

Alltag

Entdeckungen im winterlichen Warschau

Manchmal kratzt er an den Wolken, der 234 Meter hohe Kulturpalast. Mitten in Warschau steht dieser Koloss. Er hat graue Mauern, tausend kleine Fenster, und er ähnelt den Moskauer Hochhäusern im Zuckerbäckerstil. Leicht lässt sich seine Eingangstür aus massivem Holz öffnen, langsam dreht sich die zweite Tür aus Glas. Säle mit Marmorsäulen und Kristall-Leuchtern grenzen an das Foyer. Den Parkettfußboden schrubben Frauen in hellgrünen Kittelschürzen; es riecht nach Bohnerwachs. An einer gläsernen Flügeltür hängt ein Zettel. Die Bibliothek des Goethe-Instituts, so verkündet der Wisch, öffne wegen »umfangreicher Reorganisation« erst wieder Anfang März 2002. Als Ausgangspunkt für Stadtbesichtigungen sei der Kulturpalast gut geeignet, heißt es in Warschau. Im Übrigen ist der Turm heftig umstritten. Denn als »Geschenk der Völker der Sowjetunion für Warschau« wurde er in den Jahren 1952 bis 1955 gebaut. »Dieses kolossale Gebäude, das fast im Kern der Nachkriegswüste errichtet worden war, sollte die Passanten unaufhörlich daran erinnern, wie winzig klein, schwach und ratlos sie gegenüber der ungeheuren Größe und Allgewalt des Staates und der Macht des Kommunismus sind«, so der Warschauer Schriftsteller Andrzej Szczypiorski.

»Bitte einsteigen!« Die rothaarige Frau drückt auf einen schwarzen Knopf im Lift des Kulturpalastes, sie trägt eine blaue Uniform, sie sitzt auf einem Drehstuhl. Blitzschnell saust der Aufzug los - vorbei an der Warsaw Business School in der siebten und vorbei am Deutschen Historischen Institut in der 17. Etage. In der 30. Etage stoppt der Lift. Dort beginnt die Aussichtsterrasse. Eiskristalle glitzern am Balkongitter. Es ist kalt, so kalt, dass beim Ausatmen kleine Dampfwolken aufsteigen. Schnee liegt in den Ecken des Bogengangs, der den Kulturpalast umrundet. 114 Meter tiefer erstreckt sich das winterliche Warschau: Graue Wohn- und Büroblocks, dazwischen das Kaufhaus Galeria Centrum, die Halle des Zentralbahnhofs, die Weichsel – und ein Dutzend neuer Wolkenkratzer aus Stahl und Glas, wie zum Beispiel die Bank Austria, das Marriott-Hotel oder das »Wprost«-Hochhaus, in dessen Shopping Center plätschern Springbrunnen und gläserne Aufzüge schweben dort von Stockwerk zu Stockwerk. Wegen dieser modernen Türme beherrscht der Kulturpalast das Warschauer Stadtbild nun weniger stark. Eine Veränderung mit Symbolcharakter. Die neue Skyline der polnischen Hauptstadt sei ein Beispiel für die vielen Modernisierungen und Reformen, die sein Land in den vergangenen zehn, zwölf Jahren verwirklicht habe, sagt der ehemalige Außenminister Wladyslaw Bartoszewski. Der greise Professor mit den großen Brillengläsern wurde am 19. Februar 1922 in Warschau geboren und bemüht sich seit Jahrzehnten darum, dass Deutsche und Polen mehr voneinander lernen und sich besser verstehen. In Warschau habe sich seit 1989 das gesamte Straßenbild verändert, so Professor Bartoszewski. Er verweist auf die vielen kleinen Läden im Zentrum und die Supermärkte am Stadtrand.

Das fast vollendete Hyatt Regency Warsaw fällt indes kaum auf, obwohl es elf Etagen umfasst. Denn fünf

Stockwerke des Fünf-Sterne-Hotels am Lazienki-Park sind unterirdisch. »Damit sich das trapezförmige Gebäude harmonisch in die Umgebung einpasst«, sagt Lothar Quarz. Der Marketing-Direktor mit den kurzen blonden Haaren kam vor einem halben Jahr aus Berlin nach Warschau. Mit 600 Job-Bewerbern hat er seitdem gesprochen. Die 250 Besten stellte er als Mitarbeiter ein. Vom 1. März 2002 an, wenn das Soft Opening des Hyatt Regency Warsaw beginnt, sollen sie die Gäste freundlich und hilfsbereit bedienen. »Wir wollen das beste Hotel Warschaus sein«, sagt Lothar Quarz. Die beste Aussicht auf die Hochhäuser der Innenstadt und auf den nahen Lazienki-Park genießen allerdings die Gäste des Regency Clubs. Er nimmt die fünfte und sechste Etage des neuen Hotels ein. Neben den 60 Quadratmeter großen Regency Suiten gibt es dort zwei Diplomaten-Suiten mit 110 und 120 Quadratmetern. Sogar 170 Quadratmeter Wohnfläche stehen den Bewohnern der Präsidenten-Suite zur Verfügung. Schlafen können sie dort, arbeiten und dinieren, vor einem offenen Kamin sitzen, in Whirlpool und Sauna entspannen oder in einer eigenen Küche ihr Lieblingsgericht zubereiten.

Schnee knirscht unter den Schuhsohlen. Im Lazienki-Park joggen an diesem kalten Sonntagmorgen nur Unentwegte. Wie Puderzucker liegt der Schnee auf Allee-Bäumen, auf Stegen und auf den antikisierenden Tempeln. Auch die Bronzestatue, die an den Komponisten Fryderyk Chopin erinnert, trägt eine weiße Mütze. An den Säulen und auf den Balkonen des »Palastes auf der Insel« kuscheln sich Pfauen aneinander. Einige Schritte weiter, vor einem Vogelhäuschen, zanken sich Rabenkrähen. Meisen picken an der Speckschwarte, die der Deutsche Botschafter, Frank Elbe, vor seiner Residenz in Warschau hängen hat. Ein Stadtbummel im Winter macht hungrig. In der Künstlerküche (Qchnia Artystyczna), einem Café und Restaurant im Schloss Ujazdów, servieren Kellnerinnen neu interpretierte polnische Gerichte. Junge, erfolgreiche Warschauer sitzen an den Tischen. Von der Terrasse aus sind der zugefrorene Piaseczynsi-Kanal und der Lazienki-Park zu sehen. Das Restaurant Pod Samsonem« in der ulica Freta 3/5, nördlich der Stadtmauer und der vier runden Ziegeltürmen des Neustädter Tores gelegen, pflegt eine polnisch-jüdische Küche. Cafés sowie Mode- und Kosmetikläden säumen die ulica Nowy Swiat (Neue Welt), in der sonn- und werktags viele Menschen flanieren. Café Blikle in der Nowy Swiat 33 erwarb sich Anerkennung seit 1869 vor allem durch seine »paczkis«, eine Art Berliner Pfannkuchen. Das Café Nowy Swiat in der gleichnamigen Straße mit der Hausnummer 63 lässt den Gast hingegen an Wiener Kaffeehäuser denken – wegen seiner hohen Räume, bequemen Sessel und eines Tisches voller Tageszeitungen. Mercer's, ein amerikanischer Coffee Shop (Nowy Swiat 25), öffnet täglich schon früh um sieben Uhr. Auch die alte, kleine Frau, die bei jedem Wetter auf der Nowy Swiat Blumen verkäuft, kommt von Zeit zu Zeit in Mercer's Kaffeestube und wärmt sich ihre steifen Finger.

Kirchen, Denkmäler und Adelsresidenzen, die Universität, das Hotel Bristol sowie der Präsidentenpalast säumen den Königsweg von der ulica Nowy Swiat zum Warschauer Stadtschloss. Im Zweiten Weltkrieg von deutschen Soldaten zerbombt und gesprengt, wurde es in den Jahren 1971 bis 1984 mit Hilfe von Spenden wieder aufgebaut. Sehenswert sind die königlichen Gemächer, der Rittersaal und der Canaletto-Saal mit 22 Landschaftsbildern. Über die rötliche Südfassade des Schlosses haben Arbeiter jetzt ein riesiges gelbes Transparent gespannt: Werbung für »Lipton Yellow Label Tea«. Droschken warten auf dem Altstädtischen Marktplatz, Dampf quillt aus den Nüstern der Pferde. In den wieder aufgebauten Kaufmannshäusern mit pastellfarbenen Fassaden haben sich Cafés, Restaurants und Kunstgalerien eingerichtet. Fast die gesamte nördliche Häuserzeile beherbergt das »Historische Museum der Stadt Warschau«. Sonntags ist der Eintritt frei; ein Dokumentarfilm zeigt, wie deutsche Truppen die polnische Hauptstadt während des Zweiten Weltkriegs zerstört haben (englische Version um 15 Uhr). Skulpturen von polnischen Kämpfern, die Barrikaden verteidigen und in die Kanalisation einsteigen, erinnern seit 1989 am plac Krasinskich an den Warschauer Aufstand von 1944. Ein Kranz aus Tannenzweigen mit zwei schwarz-rot-goldenen Schleifen liegt davor im Schnee – Volontärinnen und Volontäre der Journalistenschule Axel Springer aus Berlin haben ihn niedergelegt.

Ein weiteres Monument, das »Denkmal der Helden des Ghettos«, steht auf dem weiten Platz an der ulica Zamenhofa - an der Stelle, wo die schwersten Kämpfe zwischen jüdischen Bewohnern und deutschen Besatzern während des Ghetto-Aufstandes im April und Mai 1943 tobten.

Vor diesem Denkmal kniete Willy Brandt im Dezember 1970 nieder. Ein neuer Gedenkstein, nur wenige Schritte entfernt in der Nordwest-Ecke des Platzes, ehrt den damaligen deutschen Bundeskanzler für jene symbolische politische Tat. Den ersten Kulturschock erlebt der deutsche Gast indes spätestens in der Warschauer Metro. Helles Licht empfängt ihn in großräumigen U-Bahn-Stationen. Der graue Steinfußboden glänzt vor Sauberkeit, kein Graffiti verunziert die Wände. Einen ebenso guten Eindruck machen die Züge – und die Passagiere. Die Damen haben sich offensichtlich stundenlang in einem der vielen Warschauer Schönheitssalons auf die Abfahrt vorbereitet. Und nicht alle Herren, die in der U-Bahn Krawatten tragen, können Gerichtsvollzieher sein. Niemand pöbelt. Niemand trinkt Dosenbier. Und niemand fläzt sich in Jogginghosen auf dem Sitz. Wer direkt aus Berlin kommt, wird auch sie vermissen: die sabbernden und zähnefletschenden Kampfhunde. Während also die Warschauer Metro angenehm überrascht, gelingt den Städtischen Bussen eher das Gegenteil – besonders im bitterkalten Winter.

Eisbusse auf Warschaus Straßen

Eisblumen an den Fenstern, Schneematsch auf dem Boden: Völlig ungeheizt fahren Hunderte von Linienbussen durch Warschau (im Januar 2003). Im Bus der Linie 195 maßen Fahrgäste minus neun Grad, im Bus der Linie 709 minus zehn Grad – bei einer Außentemperatur von minus elf Grad. Viele Busfahrer heizen überhaupt nicht, weil sie Prämien für den eingesparten Treibstoff bekommen. Frierende Fahrgäste protestieren, doch die Leiter der Städtischen Verkehrsbetriebe MZA wiegeln ab: Mal geben die Bürokraten dem hohen Alter der Ikarus-Busse schuld, mal verweisen sie auf leere Kassen. »Es sind nur einige Dutzend Busfahrer, die schummeln«, behauptet Roman Gogacz, Leiter der Technischen Abteilung bei den Städtischen Verkehrsbetrieben MZA. Schummeln bedeutet, mit abgestellter Heizung zu fahren und dadurch weniger Treibstoff zu verbrauchen. Unter den Warschauer Busfahrern gibt es nach Angaben von Kritikern einige Rekordhalter, welche monatlich 100 Liter Brennstoff einsparten. Sie erhalten dafür eine Prämie: 60 Prozent des Wertes des übriggebliebenen Treibstoffes. Das können bis zu 250 Zloty (etwa 63 Euro) sein, sagt MZA-Betriebsleiter Zbigniew Adamski.

»Generell können wir in den Bussen nur fünf Minuten pro Stunde heizen. Für mehr reicht das Geld nicht«, sagt Marek Budzynski, Chef der MZA-Verkehrsaufsicht. Diese Meinung teilt Przemyslaw Pradzynski, Direktor der Städtischen Transport-Verwaltung ZTM. Die Stadtoberen seien zu geizig, rückten zu wenig Geld für den öffentlichen Busverkehr heraus. Pradzynski: »Auf us wälzen sie dann den ganzen Ärger der Fahrgäste ab.« Haufenweise prasseln Beschwerdebriefe auf die Städtischen Verkehrsbetriebe MZA ein, sagt Marek Budzynski. Eine erboste Passagierin schrieb, sie wolle nicht wie Fleisch im Kühlhaus behandelt werden. Budzynski kontert, der Fuhrpark sei alt und die Heizungen in den Bussen seien oft beschädigt. »Deshalb ist in den Bussen eine Temperatur-Erhöhung selbst auf null Grad nicht möglich«, sagt er. Mit verstärkten Kontrollen wollen MZA und ZTM jedoch ab sofort sicherstellen, dass die Busfahrer überhaupt die Heizungen anstellen. Wer nicht heizt, riskiert eine Rüge und eine Geldstrafe. Generell sind die Fahrer der Warschauer Linienbusse vom 1. November bis 31. März zum Heizen verpflichtet. Bleibt die Frage: Wie lebt es sich unter solchen Bedingungen?

Warschaus Elite wohnt hinter Gittern

Im Warschauer »Theater der Vielfalt« steht Cezary Kosinski als schuldbeladener Macbeth auf der Bühne. In Roman Polanskis Meisterwerk »Der Pianist« spielt er einen hilfsbereiten Menschen im kriegszerstörten Warschau. Doch privat bevorzugt der erfolgreiche 32-jährige Schauspielstar die Ruhe. Mit seiner Frau Anna und den beiden Kindern lebt er im Süden der polnischen Hauptstadt in einer bewachten Wohnanlage. Der gelbe Gebäudekomplex steht mitten in einem gepflegten Garten an der Kastanienallee – hinter einem zwei Meter hohen Metallgitterzaun, der mit Scheinwerfern und Überwachungskameras gespickt ist. Am wuchtigen Gittertor, in einer Pförtnerloge mit getönten Fensterscheiben, sitzen schwarz gekleidete Wachmänner. Sie kontrollieren jeden, der die Anlage betreten will.

Wohnen hinter Mauern und Gittern ist der letzte Schrei in Warschau. Das polnische Magazin »Polityka« charakterisiert die Stadt gar als das »Epizentrum des Einzäunungs-Trends«. Der deutsche Forscher Henryk Werth hat ermittelt, dass bis 1999 in Warschau 55 solcher abgeteilter Siedlungen entstanden. Heute (2005) gibt es dort schon 200 umzäunte Wohnanlagen nach dem Vorbild der amerikanischen »gated communities« – soviel wie sonst nirgends in Europa. Ein Ende der Entwicklung ist nicht abzusehen. Gerade wird die »Marina Mokotów« fertiggebaut. Die 32-Hektar-Siedlung besteht aus 22 Häusern und Wohnungen für 5000 Bewohner. Grünflächen und ein künstlicher Teich machen 60 Prozent des Geländes aus. Ein Zaun trennt die »Marina Mokotów« von der Umgebung – einer Villengegend. Der Rasen ist kurz geschoren, die Laubkronen der Bäume sind kugelrund geschnitten, die Wege werden regelmäßig gefegt: »Wir haben die Wohnung vor allem wegen des schönen Gartens gekauft. Hier können die Kinder in Sicherheit spielen«, sagt Cezary Kosinski, während er im Korbsessel auf der Terrasse sitzt und Kaffee trinkt. Am Spalier ranken Weinreben, unter den Blättern reifen pralle Trauben. Schon seit vier Jahren wohnen die Kosinskis in ihrer 67 Quadratmeter großen Eigentumswohnung. Bereut haben sie den Kauf noch nie. Die Gegend sei ruhig, die Nachbarn seien freundlich und die U-Bahnstation liege auch nur einen kurzen Spaziergang entfernt. Außerdem fühlen sich Kosinskis in ihrem Domizil an der Kastanienallee sicher – dank der Bewachung.

Dieser Service ist in Polen dank niedriger Löhne und hoher Arbeitslosigkeit möglich. Pan Leszek fährt immer 80 Kilometer bis zu seinem Arbeitsplatz. Der stämmige 40-Jährige mit dem schwarzen Schnurrbart wohnt auf dem Land – da, wo es kaum Arbeitsplätze gibt. Deshalb hat er den Job beim Skorpion-Wachdienst in Warschau angenommen, deshalb schiebt er 24-Stunden-Schichten in der Pförtnerloge an der Kastanienallee. 174 Wohnungen gilt es dort zu schützen. »Mal gehe ich jede Stunde durch die Treppenhäuser und in die Tiefgarage, mal patrouilliere ich im Abstand von 20 Minuten um die Anlage«, erzählt er. Die Termine für die Rundgänge bestimmt die Wachzentrale. Pan Leszek und seine Kollegen sind mit Funkgeräten ausgerüstet; auf ihren Rundgängen melden sie sich an elektronischen Kontrollpunkten – die Zentrale weiß immer, wer wo und wann Streife läuft. »Wie viel ich verdiene? Darüber reden wir lieber nicht«, sagt der Vater eines 15-jährigen Sohns und einer vierjährigen Tochter. In Warschau ist es ein offenes Geheimnis, dass Wachpersonal mit höchsten 2,50 Euro pro Stunde entlohnt wird.

Trotz Wachpersonal, Kameras und Türen, die nur durch das Eintippen von Zahlencodes zu öffnen sind: Kleine Diebstähle kommen auch in den umzäunten Residenzen vor. Mal verschwinden Fahrräder, mal Kinderschuhe, die vor der Wohnungstür abgestellt wurden. Bewohner, Hausverwalter und die Polizei hegen in solchen Fällen den Verdacht, dass Handwerker, Babysitter oder der Junge vom Pizzaservice die Übeltäter sind. Allerdings heißt es in der Warschauer Polizeiwache Opaczewski-Straße, dass aus den bewachten Siedlungen um viele Male seltener Delikte gemeldet werden als aus den nicht eingezäunten Siedlungen. Deshalb bieten Versicherungsgesellschaften für den Hausrat in Wohnungen solcher Siedlungen reduzierte Prämien. Aber ist es wirklich nur der Wunsch nach Sicherheit, weshalb sich wohlhabende

Warschauer zu einem Leben hinter Zäunen entschließen? Der Stadtsoziologe Professor Bohdan Jalowiecki spricht laut »Polityka« lieber von einer Angst-Paranoia. Denn seit einem Jahr geht die Zahl der Befragten zurück (von 69 auf 49 Prozent), die Polen für ein Land mit hoher krimineller Bedrohung halten. Auch das persönliche Sicherheitsgefühl hat sich verbessert. Trotzdem wäre in Warschau für 87 Prozent der Befragten eine eingezäunte Siedlung der Wohnraum ihrer Träume. Die Bewachung ist laut Professor Jalowiecki längst zu einer Frage des Prestiges, zum Beweis für beruflichen Erfolg geworden.

Alltag einer deutschen Korrespondentin
Vorsichtig dreht Doris Heimann den Wasserhahn auf. Quellwasser schießt heraus, füllt schäumend den blauen Plastikkanister. Jeden Tag kommt die Deutsche in das öffentliche Brunnenhaus am Südrand von Warschau, zapft dort kostenlos frisches Trinkwasser. »Denn was in meiner Wohnung aus der Leitung kommt, gilt als ungenießbar«, sagt die begeisterte Teetrinkerin. »Im Supermarkt kosten fünf Liter Trinkwasser fast einen Euro.« Doris Heimann arbeitet als Korrespondentin in der polnischen Hauptstadt. »Mir gefällt es hier gut, auch wenn der Alltag etwas schwieriger ist als in Deutschland.« Drahtzäune, Gittertore, Kameras und schwarze Sheriffs schirmen den Wohnblock ab, in dem Doris wohnt. Zehn Euro Kaltmiete zahlt sie – pro Quadratmeter. Ihr grüner Skoda steht in der Tiefgarage. »Fast alle meine Nachbarn sind wohlhabende Polen. Die meisten arbeiten in der Universität«, erzählt die

Hamburgerin, die in Princeton (USA)und St. Petersburg (Russland) studiert hat.

»Um in Warschau zu überleben, muss man Polnisch können«, sagt die 37-Jährige. Oder Russisch: Denn statt ARD mit Tagesschau und Tatort lieferte ihr Kabelfernsehen plötzlich russische Filme. Eine Erklärung oder Geld zurück gab es nicht. Später kam raus: Die polnische Betreiberfirma hatte deutsche Sender nicht bezahlt. Die speisten deshalb nichts mehr in das Kabelnetz ein – das tun jetzt die Russen. An Russland wird Doris Heimann auch erinnert, wenn sie mit der Warschauer U-Bahn ins Büro fährt. Etliche der rot-grauen Wagen stammen aus St. Petersburg. »Wirklich auffällig ist aber die Sauberkeit der Wagen und der Stationen«, lobt die Korrespondentin. Viele Frauen unter den Fahrgästen sehen so aus, als seien sie direkt aus dem Schönheitssalon in die Bahn gestiegen.

Neue Unternehmen, neue Häuser, und überall junge Leute: »Warschau verzeichnet noch ein richtiges Wirtschaftswachstum. Das merkt man«, bestätigt Doris Heimann. Das ist die andere Seite von Polen: Die Restaurant- und Kneipen-Szene ist fast so dynamisch wie in Prenzlberg. Riesig sind Warschaus Supermärkte. Sie haben 64 Kassen und sind teils rund um die Uhr geöffnet – auch am Wochenende. »Aber ich kaufe lieber im Bioladen oder im Basar frisches Obst und Gemüse«, sagt die Korrespondentin. Sie kocht für ihr Leben gern, am liebsten leichte italienische und asiatische Gerichte. »Die schmecken auch meinem Mann«, sagt sie mit einem Augenzwinkern. Sie freut sich schon auf den Sommer, will wieder Gurken selber einlegen und Himbeer-Marmelade kochen. »Beim Kochen entspanne ich mich«, sagt Doris. Wenn ihr das nicht reicht, fährt sie in den Fitnessclub: zum Thai-Box-Training. Oder sie holt noch schnell einen Kanister Wasser vom öffentlichen Brunnenhaus – so wie es auch Anna Kosinska tut.

Gift tropft aus dem Wasserhahn

Den 5-Liter-Wasserkanister trägt Anna Kosinska mit der linken Hand. An der rechten Hand führt sie ihren vierjährigen Sohn Antek. So stapft die 30-jährige Lehrerin mitten in Warschau durch den Schnee. Jeden Tag geht sie von ihrer Wohnung zum 300 Meter entfernten Brunnenhäuschen, um Trinkwasser zu holen. »In unserer Wohnung tropft nur eine trübe, übelriechende Brühe aus der Leitung«, sagt Anna Kosinska. So wie ihr geht es fast allen Bewohnern Warschaus. Und nicht nur dort. In ganz Polen entspricht Leitungswasser in zwei von drei Fällen nicht der Norm des Gesundheitsministeriums. Das geht aus dem aktuellen Bericht der Obersten Kontrollbehörde (NIK) des Landes hervor (anno 2002). »Die Bewohner von 13 der 20 größten polnischen Städte beziehen Wasser, das sie nicht trinken sollten«, heißt es in dem Bericht. So schwimmen laut NIK im Warschauer und Krakauer Leitungswasser Koli-Bakterien. Ein Mangan-Gehalt, der 20 bis 140 Prozent über der Norm liege, verunreinige das Leitungswasser in Danzig, Gdingen und Thorn. In Posen übersteige der Eisengehalt die Norm um ein Vielfaches. Am trübsten sei das Wasser in Zabrzu, Warschau und Stettin.

Verschmutzte Flüsse, veraltete Installationen in den Wasserwerken sowie verrostete Wasserleitungen – das alles trage dazu bei, dass die Qualität des polnischen Leitungswassers von europäischen und polnischen Standards abweiche. Wie in Warschau beklagen sich die Einwohner vieler polnischer Städte darüber: Das Wasser ist trübe, es hat einen schlechten Geschmack und es riecht nach Chlor. Deshalb gehen die Menschen bei Wind und Wetter zu den öffentlichen Tiefbrunnen, die es fast in jedem Wohnviertel gibt. Oder sie kaufen Trinkwasser im Supermarkt. »Aber dort kosten fünf Liter je nach Herkunft zwischen umgerechnet 35 Cent und einem Euro«, sagt Anna Kosinska. Fast alle polnischen Wasserwerke pumpen ihr Wasser nicht aus Tiefbrunnen. Sie zapfen Flüsse an, deren Wasser verunreinigt ist – zum Beispiel mit Phosphaten und Stickstoffen. Die Aufbereitung ist sehr teuer und schwierig. Doch sogar Tiefenwasser ist in Polen nicht überall kristallklar: Erstklassige Reinheit hat das Wasser laut NIK-Bericht nur aus 28 Prozent der Brunnen. »Die tatsächliche Arbeit der Wasseraufbereitung ist schlecht, und der Austausch der Wasserleitungen geht nur langsam voran«, sagt Zbigniew Wesolowski, Vize-Vorstand der NIK.

Das älteste Wasserleitungsnetz gibt es in Oberschlesien, die Rohre stammen aus den letzten Jahren des 19. Jahrhunderts. In Wroclaw (Breslau) gibt es jedes Jahr ungefähr 5000 Rohrschäden. »Unser Leitungsnetz besteht hauptsächlich aus ehemals deutschen gusseisernen Rohren«, sagt Wiktor Jurkiewicz, Direktor des Städtischen Wasserleitungs- und Kanalbetriebs in Wroclaw.

»Wegen der Korrosion im Innern lagern sich in den Rohren so viele Rückstände ab, dass man sich schon wundert, dass durch sie überhaupt noch Wasser fließt. Pro Jahr bauen und renovieren wir elf bis 19 Kilometer Wasserleitung. Der volle Austausch dauert wohl 20 Jahre.« Besser ist die Trinkwasser-Versorgung in Polen voraussichtlich erst vom Jahr 2015 an. Denn bis dahin will Polen die Qualität seines Trinkwassers verbessern. Wenigstens hat sich das Land während der EU-Beitrittsverhandlungen dazu verpflichtet. Während sich also die Trinkwasserversorgung in Polen nur langsam verbessert, blüht das Land insgesamt rasend schnell auf – vor allem die Glitzerwelt der Einkaufszentren.

Warschau erwacht zum zweiten Frühling

Leszek lächelt. Er greift die Kettensäge und hält sie an eine Birke. Kreischend frisst sich das scharfe Metall ins weiche Holz. Rauschend knickt der dünne Stamm um. »Wir machen Frühjahrsputz am Weichselufer«, sagt Leszek. Und lächelt noch immer im milden Licht der Märzsonne. Der Waldarbeiter rodet das Dickicht am Warschauer Ostufer. Am Westufer ragen die neuen Wolkenkratzer der polnischen Hauptstadt in den Himmel. Warschau erlebt gerade seinen zweiten Frühling. Junge, leistungsorientierte Frauen und Männer geben den Ton in Kultur und Wirtschaft an. Überall wachsen neue Wohnviertel und Hochhäuser aus dem Boden. Statt Polski Fiat und Polonez rollen nun moderne Mittelklassewagen über die Straßen. Auch die U-Bahnlinie wächst. Jüngst eröffnete Stadtpräsident Lech Kaczynski eine weitere blitzblanke Station: »Dworzec Gdanski« nördlich der Altstadt. Und allmählich erhält die Metropole, die so lange als graue Maus verschrien war, auch wieder bunte Farbtupfer. Ein Beispiel dafür sind die Straßenhändlerinnen, die rote und gelbe Tulpen anbieten. Ein anderes Beispiel ist die Galeria Mokotow.

Mit Ausmaßen fast wie das Berliner ICC beherbergt die Galeria Cafés, Restaurants, ein Kino-Center und 250 Läden. Hier Versace Classic, Lacoste und Peek & Cloppenburg, dort Bose, Swarovski und ein American Bookstore. Bei Almi Decor hängen Porzellan-Ostereier an Kirschbaumzweigen. Und im Smart-Shop setzen sich junge Blondinen schon mal zur Probe in einen roten Roadster. Besucher geben ihre Winterjacken an der Garderobe im Tiefgeschoss ab, bummeln dann bei Musikberieselung durch die Ladenzeilen. Einige kaufen Hotdogs an einer silbrig glänzenden Verkaufskarre aus New York. Andere bestaunen die Springbrunnen in der Rotunde oder lassen sich vom Schuhputzer mit dem schwarzen Hut bedienen. »Von 14 bis 22 Uhr geöffnet«, steht auf seinem Reklameschild. Geöffnet hat die Galeria Mokotow selbst sonntags – wie viele andere Geschäfte und Kaufhäuser in Warschau. In einigen Supermärkten können Kunden sogar rund um die Uhr einkaufen, jeden Tag. Auch durch die Basarhallen am 239 Meter hohen Kulturpalast drängen sich tagein, tagaus Besucher. Mehr als 600 Verkaufsstände reihen sich unter den gewölbten Dächern aneinander. Im Abschnitt K packt ein Händler gefütterte Winterstiefel in einen Pappkarton, anschließend räumt er hellbraune Wildlederschuhe ins Regal (ab

50 Zloty, etwa elf Euro). Frühlingsstimmung auch am Nachbarstand: Wollpullover raus, Reizwäsche rein, lautet dort die Devise. Der Imbissstand nebenan wirbt mit Kebab für sechs Zloty (1,20 Euro).

Nackte Jünglinge, drei Meter hoch und aus Bronze gegossen, stehen neben dem Königsschloss. Die Frau zwischen ihnen hat Flügel, aber keinen Kopf. Dem Bronzekopf des Eros, der etwa so groß wie ein Wohnwagen ist und vor dem Eingang zum Schlosshof liegt, ist hingegen der Körper abhanden gekommen. Igor Mitoraj hat die hünenhaften Statuen geschaffen. Sie bleiben bis zum 25. April am und im Schloss zu sehen. Schnatternd zieht eine Schulklasse vorüber, stellt sich artig vor der Sigismund-Säule auf. Die Lehrerin macht ein Foto von den Kindern und dem Wahrzeichen der Stadt. Ein Schimmel, vor eine grüne Kutsche gespannt, schaut zu und schnaubt verdrießlich.

Winter ade. Auf dem Marktplatz kehren Arbeiter den Streusand zusammen. Tauben gurren neben dem Bronzestandbild der kleinen Sirene. Die Meerjungfrau mit Schwert und Schild gilt ebenfalls als Wahrzeichen von Warschau. Erste Touristen aus Fernost fotografieren die pastellfarbenen Fassaden, von denen einige filigran bemalt und mit goldenem Laub verziert sind. Obwohl die Bürgerhäuser altehrwürdig wirken, sind sie doch erst vor gut 50 Jahren gebaut worden – wieder aufgebaut nach ihrer totalen Zerstörung im Zweiten Weltkrieg. Bienen summen, fliegen von Blumenbeet zu Blumenbeet, von Krokus zu Krokus. Vor dem Restaurant Gessler spielt ein Leierkastenmann. Als sein Handy klingelt, macht er eine Pause. Erste Sonnenstrahlen wecken den Appetit auf ein Eis. Tatsächlich kurbeln sie im Kult-Eisladen in der Nowomiejska 9, zwischen Marktplatz und Freta-Straße gelegen, gerade den Rollladen hoch. Kiwi, Banane und Zitrone finden sich im Angebot – der Sommer kann kommen.

Der Boom der Coffee Shops

Ob Sommer, ob Winter: Polen erlebt eine Revolution in den Tassen. Wo bis vor wenigen Jahren die Menschen vor allem Tee tranken, greifen sie jetzt immer öfter zu frisch gebrühtem Kaffee. Kein Wunder also, dass in den Städten laufend Kaffeebars eröffnen. Ob Tchibo, Nescafé oder Segafredo Zanetti – allein in der Hauptstadt Warschau gibt es schon mehr als 100 dieser Coffee Shops. Teils gehören sie internationalen Firmen; teils handelt es sich wie bei Coffeeheaven und Stoney Point Java um Neugründungen speziell für den mittelosteuropäischen Markt. Umgerechnet zwei Euro kostet ein Milchkaffee oder Capuccino in solchen Läden – bei einem Durchschnittseinkommen von 700 Euro in Warschau.

Alles begann damit, dass der englische Geschäftsmann Richard Worthington 1999 nach Polen kam. »Da konnte man nirgendwo guten Kaffee trinken«, erinnert sich der temperamentvolle Verkaufsexperte. Grob gemahlenes Kaffeepulver in die Tasse, heißes Wasser draufgegossen – das war's. Worthington, der jahrelang für den

Kosmetik-Konzern Estée Lauder tätig war, erkannte die Marktnische. Schnell reifte sein Plan, eine Kaffeebar-Kette speziell für die mittelosteuropäischen Länder zu entwickeln. So entstand die Marke Coffeeheaven. »Wir haben bereits 30 Coffeeheaven-Shops in Polen, davon allein 17 in Warschau«, erzählt der Familienvater, der in seiner knappen Freizeit Marathon läuft. In Lettland hat er weitere sieben und in Tschechien drei Kaffeebars eröffnet. Sein Ziel: 350 Coffee Shops von Estland bis nach Bulgarien und in die Ukraine.

Ganz ähnlich hat es der Kalifornier Matt Morgan gemacht. Er gründete die Café-Kette mit dem wohlklingenden Phantasienamen »Stoney Point Java«. Fünf Läden besitzt er bereits in Warschau. »Zwei bis drei weitere Eröffnungen sind für dieses Jahr geplant«, sagt sein Manager Glen Gregory. Er kam vor zehn Jahren als Technologie-Experte aus Amerika nach Polen – und ist dort geblieben. »Kaffee löst einen Energieschub aus. Kaffee gibt den Kick, das wollen hier die jungen dynamischen Leute«, so erklärt Gregory, warum Kaffeetrinken in Polen jetzt schick ist. Wie lautet das Erfolgsrezept für eine Kaffeebar? »Guter Kaffee, guter Kaffee und noch mal guter Kaffee! Dazu ein hervorragender Service und eine gemütliche Einrichtung«, sagt Richard Worthington von Coffeeheaven, in dessen Läden ein Espresso einen Euro kostet. »Wir servieren seit Anfang an die besten Kaffeesorten, eine eigene Mischung speziell für den mittelosteuropäischen Geschmack.« Mit Schrecken denkt er daran, dass Mitbewerber bei härterem Wettbewerb billige Kaffeesorten für teures Geld verkaufen könnten.

»Das würde das Vertrauen der Kunden in den Kaffeebar-Sektor zerstören«, fürchtet der Coffeeheaven-Boss.

Bei Stoney Point Java sieht man das genau so. Dort gelten große Kaffeetassen und frische Produkte als weitere Erfolgsgaranten. »Wir haben eine eigene Kaffeerösterei«, präzisiert Glen Gregory. »Und wir bieten täglich frischen Kuchen, knackige Salate, Sandwiches und warmes Essen an.« Meist sind es leichte mediterrane Speisen. Für ein Hauptgericht inklusive Suppe und Softdrink berechnet er 4,25 Euro, für Salate und Sandwiches zwei bis 2,50 Euro. »Was übrig bleibt«, sagt Gregory, »geht abends an die Kirche. Die gibt es Bedürftigen.« Unverzichtbar für den Erfolg einer Kaffeebar ist zudem ihre Lage. »Da müssen viele Passanten vorbeikommen, und es müssen Bürohäuser und Läden in der Umgebung sein«, sagt Richard Worthington. Shopping Malls und Flughafen-Terminals hält er deshalb ebenfalls für gut geeignet. Die Warschauer Coffee Shops sind im Durchschnitt 90 Quadratmeter groß und in der Regel Nichtraucherzonen. »Außerdem schenken wir keinen Alkohol aus«, sagt Worthington. Generell herrscht eine helle, warme Atmosphäre in den Kaffeebars. Das alles bewirkt, dass diese Selbstbedienungs-Cafés vor allem von jungen berufstätigen Frauen als Refugium zwischen dem Arbeitsplatz und ihrem Zuhause aufgesucht werden.

In den Läden arbeiten durchweg junge Frauen. »Bei uns sind die meisten zwischen 21 und 25 Jahre alt«, sagt Glen Gregory von Stoney Point Java. Richard Worthington sucht nach eigenen Angaben vor allem Persönlichkeiten als Mitarbeiterinnen. »Sie müssen ihre Arbeit und die Menschen mögen«, sagt er. In den einzelnen Filialen sind durchweg sechs Angestellte tätig. »Wir zahlen ihnen als Lohn pro Monat zwischen 250 und 625 Euro, zusätzlich sind sie am Umsatz beteiligt«, sagt Gregory. Während er rund 30 Mitarbeiter beschäftigt, stehen bei Worthington 300 Personen auf der Gehaltsliste. Die Coffeeheaven-Läden erwirtschaften in diesem Jahr in Polen voraussichtlich sechs bis sieben Millionen Euro Umsatz. Nach etwa 100 Wochen habe eine neueröffnete Kaffeebar das in sie investierte Geld wieder eingespielt, sagt Richard Worthington.

»Schlechtes Wetter und die Wochenmitte bringen das meiste Geld in die Ladenkasse«, hat Glen Gregory festgestellt. Während er pro Monat und Filiale mit 15.000 Euro Umsatz kalkuliert, erwartet Worthington deutlich mehr Umsatz pro Filiale. Eine neue Kaffeebar einzurichten, kostet nach Angaben von Glen Gregory in Warschau zwischen 75.000 und 125.000 Euro. Allerdings gelte es aufzupassen: »Ein Schreiner lieferte uns Tische, die wackeln. Jetzt streiten wir uns mit ihm vor Gericht«, sagt Gregory. Doch was bedeutet das schon angesichts der Aufbruchsstimmung in Ostmitteleuropa? »Anders als auf den übersättigten Märkten Westeuropas haben die Menschen hier eine positive Grundhaltung«, sagt der Unternehmer Worthington. »Hier sehe ich mich als Katalysator, um den Leuten zu helfen.« Tatsächlich geht es um einen gravierenden kulturellen Wandel, da sind die Coffee Shops nur ein Beispiel. Ein anderes Beispiel ist der Weihnachtsrummel, der in Polen neuerdings bereits vor dem Advent beginnt.

Amerikas Weihnachtsrummel überrollt Polen

Die rotgelbe Straßenbahn fährt am Rondo Babka vor. 200 Menschen hasten raus. Schnurstracks eilen sie zum neuen Einkaufszentrum Arkadia. Lichterketten funkeln an der Glasfassade und Tannengrün schmückt die Balustraden. Ein haushoher Weihnachtsbaum dominiert das Foyer, spiegelt sich im blitzblanken Marmorboden. Arkadia wirkt wie ein Flughafen-Terminal. Auf drei Etagen drängen sich 200 Läden, 25 Restaurants und 15 Kinosäle. Vor jedem Geschäft steht ein Christbaum aus Plastik, jeder ist mit roten Schleifen und bunten Lämpchen geschmückt. »Geschenkidee«, »Sonderangebot« und »Neuheiten« – das sind die Botschaften, die an den Fenstern prangen. Gar das »ideale Geschenk« verspricht das Kaufhaus Galeria Centrum in der Warschauer Innenstadt. Schneeflocken aus Folie kleben an den großen Schaufenstern. Dahinter glitzern rote, gelbe und weiße Sterne. Zwischen den Weihnachtsbäumen aus Flitterkram liegen Pullis, Handtaschen und – Reizwäsche. Doch die Passanten hasten an diesem Adventsnachmittag einfach nur vorüber. Niemand bleibt stehen, keiner bewundert die Auslagen. Ähnlich ergeht es den kleinen dicken Nikoläusen, die schelmisch aus ihren roten Kapuzenmänteln grinsen. Sie langweilen sich im Fenster der Zeitschriftenhandlung Empik an der Renommiermeile Nowy Swiat. Wenige Schritte weiter, am Rondo Charlesa de Gaulle'a, verzieren Arbeiter eine einsame Tanne mit violetten Schleifen. Sonst ist weit und breit noch nichts Weihnachtliches zu sehen.

Tatsächlich gibt es in Warschau wie in ganz Polen weniger Weihnachtsrummel als in deutschen Städten. Erst zwischen dem zweiten und dritten Advent machen sich fleißige Hände daran, die wichtigsten Einkaufsrouten mit Tannengrün und Lichterketten zu schmücken. Selbst in Warschau sind das nur einige wenige Straßen, wie zum Beispiel die Chmielna, die Nowy Swiat und die Altstadtgassen hinter dem wiederaufgebauten Königsschloss. Erst in den beiden letzten Tagen vor Weihnachten sieht man Tannenbaum-Verkäufer mit ihren Ständen. Und Weihnachtsmärkte? Fehlanzeige! Deutsche wie die Hotelmanagerin Petra Kessler, die in Berlin gearbeitet hat bevor sie nach Warschau kam, vermissen solche Märkte. Die großen internationalen Ladenketten haben diesen Mangel jedoch als Chance erkannt. Sie versuchen nun in ihren polnischen Filialen von Anfang November an Weihnachtsstimmung zu erzeugen. »Die Amerikanisierung erfasst jetzt auch Polen. Das ist kein guter Weg«, klagt Pfarrer Jozef Kloch, der Sprecher der Polnischen Bischofskonferenz. Advent sei die Zeit der Vorbereitung auf Christi Geburt, eine für Christen sehr wichtige Zeit. »Doch allmählich kann man den Eindruck gewinnen, dass die Adventszeit nur noch eine Hilfe für die Einkaufszentren ist«, schimpft der promovierte Geistliche.

Immer früher, immer kommerzieller, immer sinnentleerter: Die Warschauer Musikethnologin Anna Czekanowska beobachtet die zunehmende Vermischung von Advent und Weihnachten mit großer Sorge. »Koleda, die typischen polnischen Weihnachtslieder, wurden in meiner Kindheit erst von Heiligabend an bis zum 2. Februar gesungen. Die wichtigste Phase dauerte sogar nur bis zu den Heiligen Drei Königen«, erinnert sie sich die emeritierte Professorin. Früher seien es vor allem die Erwachsenen gewesen, die solche Koledas selbst freudig angestimmt hätten. Heute höre man weihnachtliche Klänge vor allem im Radio, Fernsehen oder in Kaufhäusern – und das bereits im November. »Natürlich müssen wir auch Einkäufe machen«, sagt Pfarrer Kloch. »Auf die Geburt Christi haben wir uns als Christen vorzubereiten. Aber selbstverständlich ebenso als Vater oder Mutter. Doch Geschenke kaufen steht dabei sicherlich nicht an erster Stelle«, gibt der Geistliche zu bedenken. Das sehen Knirpse wie Lukasz mit dem blonden Bürstenhaarschnitt und seine Schwester Kasia ganz anders. Unbedingt wollen sie an diesem Nachmittag noch ein bisschen länger vor dem Spielwaren-Kaufhauses Smyk verweilen und all die bunten Dinge im Schaufenster bestaunen.

Smyk ist eine Institution in Warschau. Schon von Anfang November an ertönen dort aus Lautsprechern Weihnachtslieder. In dieser Saison ist das ganze Erdgeschoss des traditionsreichen Spielzeugladens mit braunen Teddybären vollgestopft. Kleine und lebensgroße – einige sitzen auf Regalen, andere lugen neckisch aus runden Tonnen oder gucken keck aus Pappschachteln hervor. Im Obergeschoss finden sich Puppenwagen, ferngesteuerte Modellautos und Borde voller Puzzles, aber auch jede Menge Monster und Kriegsspielzeug. »Mit dem Kauf von Weihnachtsgeschenken beginne ich Ende November oder Anfang Dezember«, sagt Anna Kosinska. Die Warschauer Lehrerin sucht etwas für ihren fünfjährigen Sohn Anton. »Ich kaufe aber auch noch kurz vor den

Festtagen«, räumt sie ein. »Das hängt davon ab, wie viel Geld ich habe.« Anna Kosinska kauft nur für Kinder Geschenke. Am Nikolaustag bekommt ihr Sohn, wie sie sagt, eine Kleinigkeit: ein paar Süßigkeiten oder eine CD mit Musik. Einen Adventskranz haben Kosinskas nicht. »In Zentral- und Ostpolen ist der Brauch mit den Adventskränzen unbekannt«, sagt die Lehrerin.

Dennoch werden polnische Kinder in geistlicher Hinsicht auf Weihnachten vorbereitet. Die Schulklassen treffen sich vor Heiligabend an drei aufeinander folgenden Morgen um sechs Uhr, um in der Kirche an Adventsmessen teilzunehmen. Aber auch erwachsene Polen nutzen den Advent zur Besinnung und inneren Einkehr. An Heiligabend stellen polnische Familienväter Krippen und Tannenbäume in der guten Stube auf, die Kinder helfen ihnen beim Schmücken. Früher behängten sie den Baum mit Äpfeln und Watte. Heute stylen sie ihn oft wie in Amerika – Kugeln und Kerzen haben die gleiche Farbe. Unterdessen bereiten die Mütter das Festmahl vor. Es besteht traditionell aus elf, zwölf oder 13 Speisen, etwa Karpfen und Pieroggen mit Pilzen und Sauerkraut. In jedem Fall ist alles ohne Fleisch. Vor dem Festmahl wird die Wohnung mit Weihwasser gesprengt. Auf den Tisch kommt ein weißes Tuch, darunter liegt Heu als Symbol für Jesus in der Krippe. Sobald der erste Stern am Himmel zu sehen ist, serviert die Mutter das Essen. »Kinder können sich dann vor Neugier kaum konzentrieren«, sagt Anna Kosinska. Denn unter dem Christbaum warten die Geschenke. Noch sind sie schön verpackt.

Aufreger

Bestechungs-Skandale erschüttern Polen

Korruption und Affären: In Polen trauen 93 Prozent der Wähler laut Meinungsumfrage keinem Politiker (im Jahre 2003). Zwei aktuelle Bestechungsskandale haben dazu nach Einschätzung von Warschauer Kommentatoren erheblich beigetragen: die Lapinski- und die Rywin-Affäre. In beiden Fällen geht es um Millionen von US-Dollar. Dafür sollte ein Medikament in die Liste staatlich subventionierter Heilmittel aufgenommen und das Mediengesetz zugunsten des Medienkonzerns Agora geändert werden. Doch beide Bestechungsversuche flogen auf.

Seit Jahren mangelt es Polens staatlichen Kliniken an modernen Geräten. Krankenschwestern und Pfleger warten oft wochenlang auf ihren Lohn. So auch im vergangenen Jahr, als Mariusz Lapinski Gesundheitsminister war. Nur harte Sparmaßnahmen könnten alles zum Besseren wenden, verkündete Lapinski damals. Gleichzeitig schaffte er für sein Ministerium luxuriöse Dienstwagen des Typs Peugeot 607 an. Lapinskis enger Mitarbeiter Waldemar Deszczynski kontaktierte unterdessen im Sommer 2002 das Pharma-Unternehmen Merck Sharp & Dohme. Das Unternehmen wollte, dass sein Osteoporose-Medikament auf die staatliche Zuschussliste kommt. Auf der stehen alle Präparate, für die der polnische Staat zuzahlt, damit auch ärmere Patienten sie sich leisten können. Die Liste sei noch nicht abgeschlossen, soll Deszczynski nach Angaben der Pharma-Manager gesagt haben. Ihr Unternehmen müsse nur schnell 1,5 Millionen Dollar und dann jährlich bis zu 1,5 Millionen Zloty (etwa 400.000

Euro) zahlen. Das Geld sollte an eine private Warschauer Klinik überwiesen werden, die einem guten Bekannten von Waldemar Deszczynski gehörte. Die Manager waren sprachlos – und zahlten nicht. Jüngst haben sie die Öffentlichkeit über den Bestechungswunsch aus dem Gesundheitsministerium informiert. Allerdings hatte Ministerpräsident Leszek Miller den Gesundheitsminister Lapinski schon Monate zuvor, im Januar abgelöst, weil er mit dessen Arbeit unzufrieden war. Und Waldemar Deszczynski hatte seinen Direktorenposten im Warschauer Gesundheitsministerium bereits im September 2002 selbst aufgegeben.

Ministerpräsident Miller ist seinerseits in die seit Monaten schwelende Rywin-Affäre verwickelt. Als Zeuge musste er bereits mehrmals vor dem parlamentarischen Untersuchungsausschuss aussagen. Der polnische Filmproduzent Lew Rywin (»Der Pianist«) soll dem Medienkonzern Agora im vergangenen Juli ein dreistes Angebot gemacht haben: Für 17,5 Millionen Dollar könne er ein im Parlament diskutiertes Mediengesetz so ändern lassen, dass Agora einen privaten Fernsehsender kaufen dürfe. Als Auftraggeber nannte Rywin einmal Ministerpräsident Miller, ein anderes Mal den Chef des öffentlichen polnischen Fernsehens, Robert Kwiatkowski. Der Schock des Rywin-Skandals könne auch etwas Gutes in Polen bewirken – dass die Parteien endlich ein Gesetz über die Vertretung wirtschaftlicher Interessen im Gesetzgebungs-Verfahren verabschieden, hofft Grazyna Kopinska. Sie leitet bei der Batory-Stiftung in Warschau ein Programm zur Bekämpfung der Korruption.

Billige Pillen überschwemmen Polen

Hustensaft im Supermarkt. Beruhigungsmittel an der Tankstelle. Und selbst im Basar bieten Händler Antibiotika an – auf wackeligen Campingtischen. Kein Zweifel: In Polen sind viele Medikamente überall zu haben – sogar ohne Rezept und viel billiger als in Deutschland. »Polen wird von einer gigantischen Werbe- und Verkaufskampagne für Medikamente überzogen«, schimpfte jüngst das Nachrichtenmagazin »Polityka« (im Jahre 2004). Drei Milliarden Euro geben polnische Kunden jährlich für Medikamente aus. Tendenz steigend. Statistiker haben festgestellt, dass die Polen 1,15 Milliarden Packungen Medikamente pro Jahr kaufen. Das ist der zweite Platz weltweit. Nur die Franzosen verbrauchen noch mehr.

»Eine Packung Aspirin mit zehn Tabletten kostet bei uns 5,75 Zloty«, sagt Apothekerin Marzena Wolska. Umgerechnet ist das 1,25 Euro. Ihre Apotheke »Z Akwarium« in der Warschauer ulica Wawozowa 31 ist täglich geöffnet. 20 Tabletten des Magenmittels Maalox verkauft sie für einen Euro. 50 Gramm Mobilat-Gel gegen Verstauchungen sind für 4,16 Euro zu haben. Für Echinacin, ein pflanzliches Mittel zur Stärkung der Abwehrkräfte, berechnet Marzena Wolska in der 50-Tabletten-Packung von Ratiopharm 2,66 Euro. Ähnliche Tiefpreise gelten bei der Konkurrenz auf der gegenüberliegenden Straßenseite, der Apotheke »Przy Bazarku« in der ulica Wawozowa 32: Otriven-Nasentropfen (zehn Milliliter) 2,45 Euro, Tussipect-Hustensirup (140 Gramm) 1,26 Euro und Canesten-Salbe gegen Fußpilz 1,82 Euro. Apothekerin Barbara Bednarczuk in der täglich 24 Stunden geöffneten Apotheke in der ulica Przy Bazantarni 11 verkauft sechs Tabletten Immodium gegen Durchfall für 2,58 Euro und 24 Tabletten Neoangin gegen Halsschmerzen für 2,80 Euro.

Warum kostet zum Beispiel Canesten von Bayer in Polen weniger als in Deutschland? »Wir geben unsere Produkte überall zum gleichen Preis ab. Die Endverbraucher-Preise werden im jeweiligen Land gemacht«, sagt Hartmut Alsfasser von Bayer Health Care. Großhändler, Transporteure, Apotheker und vor allem Steuern bestimmen nach seinen Worten, wie viel der Kunde schließlich bezahlt. Und er betont: »Wir verkaufen in Polen die gleichen Produkte wie in Deutschland, sie sind von gleich guter Qualität.« Das bestätigt auch Andrzej Wróbel, der Chef der Obersten Apothekerkammer in Warschau. Nach polnischem Recht dürfen übrigens viele verschreibungspflichtige Medikamente auch ohne Rezept verkauft werden. Bedingung: In der Verpackung muss weniger drin sein als in der Normalpackung (anstatt zwölf nur sechs Tabletten), oder das Medikament darf nur eine geringere Wirkstoff-Dosis enthalten, zum Beispiel nur 60 statt 120 Milligramm eines Wirkstoffes. Bei Medikamenten mögen solche Abschwächungen sogar gut sein, bei anderen Produkten gelten sie jedoch als Betrug – Stichwort Pansch-Benzin.

Benzin-Panschern geht es an den Kragen
Zuerst quillt schwarzer Qualm aus dem Auspuffrohr. Dann tropft schwarzer Schleim heraus. Wenig später hat der gepanschte Sprit den Katalysator zerstört. In Polen erleben das Autofahrer immer wieder. Denn mehr als 30 Prozent des Treibstoffs, den polnische Tankstellen verkaufen, entsprechen nicht der Qualitätsnorm. Das zeigt eine aktuelle Untersuchung der polnischen Handelsinspektion (Sommer 2003). Die Kontrolleure besuchten in den vergangenen sechs Wochen 214 Tankstellen im ganzen Land. 424 Treibstoffproben haben sie entnommen. Ergebnis: 30,7 Prozent waren von schlechter Qualität. »Der Treibstoff enthielt vielerlei Zusätze«, sagt Kazimierz Nowak vom Hauptamt der Handelsinspektion. Benzin wurde vor allem mit Lack und Lösungsmitteln gestreckt und hatte häufig nur 88 statt 95 Oktan. Diesel enthielt oft zu viel Schwefel. Die Testaktion begann in den Urlaubsgebieten an der Ostseeküste, dann folgten das Binnenland und die großen Städte. Premierminister Leszek Miller hatte für die Untersuchung in diesem Jahr zusätzlich zwei Millionen Zloty (etwa eine halbe Million Euro) bewilligt.

Die Sprit-Sünder stehen jetzt auf einer schwarzen Liste. Die Handelsinspektion hat auf ihr die Adressen von 61 Tankstellen veröffentlicht, bei denen die Kontrolleure gepanschten Treibstoff entdeckt haben. Die meisten dieser Tankstellen finden sich im Großraum Warschau und in Südost-Polen. In den Regionen um Stettin und Slubice haben die Kontrolleure bislang keine Benzin-Panscher aufgespürt. Die Kontrolleure hatten tragbare

Testgeräte dabei. Wenn ihre Untersuchungs-Ergebnisse auf unerlaubte Beimischungen hindeuteten, schickten sie die Probe an ein Labor. Dort wurde sie genau analysiert. »Etwa 90 Prozent der Beanstandungen betraf kleine private Tankstellen«, räumt Kazimierz Nowak ein. Kontrolliert wurden sowohl Tankstellen von polnischen Großunternehmen wie PKN Orlen und Rafineria Gdanska und von ausländischen Konzernen als auch von Kleinunternehmen. Nowak fordert, dass alle 6800 Tankstellen in Polen kontrolliert werden müssten – und zwar immer wieder. Mit 2000 Tankstellen hat PKN Orlen den größten Marktanteil in Polen. 860 Tankstellen gehören ausländischen Konzernen. Etwa die Hälfte der Tankstellen ist in privater Hand.

Als Reaktion auf das schlechte Testergebnis hat Premierminister Leszek Miller jetzt rasche Konsequenzen angekündigt. So soll das Treibstoff-Überwachungsgesetz bereits im Oktober und nicht erst wie geplant im Januar 2004 in Kraft treten. Damit könnten schon in drei Monaten verstärkte Kontrollen der Tankstellen beginnen. Nach dem neuen Gesetz drohen Sprit-Panschern happige Geldstrafen. Wer zum ersten Mal ertappt wird, soll 25.000 Euro zahlen. Beim zweiten Mal werden 50.000 Euro fällig. Nach dem dritten Versuch wird die Tankstelle geschlossen und der Betreiber verliert seine Konzession – für immer. »Aber es sind doch nicht die Tankstellen, die Treibstoff panschen«, behauptet Maciej Powroznik, Bürochef in der Behörde für flüssige Treibstoffe (PIPP) in Warschau. »Vielmehr müssten Großhändler, Produzenten und Importeure kontrolliert werden«, empfiehlt

PIPP-Chefin Aurelia Kuran-Puszkarska. »Von denen gibt es außerdem viel weniger als Tankstellen und damit wären die Kontrollen preisgünstiger.« Ihre Behörde bereitet nun ein eigenes Test-Programm vor. Im September soll es fertig sein. Ein Anreiz zum Sprit-Panschen geht nach Ansicht von Aurelia Kuran-Puszkarska von den hohen Treibstoff-Steuern aus. Sie machen vielen polnischen Autofahrern sicherlich das Leben schwer. Noch schwieriger wird es durch ein weiteres Ärgernis: Trotz hoher Treibstoff-Steuern ist in Polen kaum Geld für den Straßenbau vorhanden. Vor allem mangelt es an Autobahnen.

Polens schwieriger Weg zu Autobahnen

Schlaglöcher, Spurrillen und enge Ortsdurchfahrten: »Auf der Landstraße von Warschau nach Frankfurt an der Oder schaffe ich im Durchschnitt mal gerade 30 Kilometer pro Stunde«, schimpft Lastwagenfahrer Wojciech, während er in Chrzanow am westlichen Stadtrand von Warschau tankt. »Was fehlt, sind Autobahnen.« Tatsächlich besitzt das Transitland Polen kaum 500 Kilometer Autobahnen – isolierte Abschnitte vor allem im Süden. Zwar ist ein 2000 Kilometer langes Autobahnnetz mit einer Nord-Süd- und einer Ost-West-Achse geplant. Doch für den Neubau und die Instandsetzung vorhandener Strecken mangelt es an Geld. »Rund 90 Millionen Euro weniger als vorgesehen hat Polen im vorigen Jahr (2002) für den Bau, die Modernisierung und den Unterhalt seiner Straßen ausgegeben«, räumt Infrastruktur-Minister Marek Pol ein. In der Staatskasse waren für den Straßenbau nur 935 Millionen Euro. Ein

Grund: Die Druckereien hatten es nicht geschafft, genug Vignetten zu liefern. In Polen müssen alle polnischen und ausländischen Gewerbetreibenden, die ein Fahrzeug mit mehr als 3,5 Tonnen Gewicht benutzen, Straßenbenutzungsgebühren zahlen.

Neuerdings tragen die Vignetten ein Verkaufsdatum und sie gelten nur noch für kurze Zeiten. Die 24-Stunden-Vignette zum Beispiel verfällt nach sieben Tagen. Denn viele Fahrer hatten zwar bisher eine Blanko-Gebührenmarke bei sich. Aber sie füllten die Marke oft erst aus, wenn ein Polizist begann, das Fahrzeug zu kontrollieren. Das trug ebenfalls dazu bei, dass die Vignetten im vergangenen Jahr nur etwa 68 Millionen in die Staatskasse brachten – statt wie geplant 125 Millionen Euro. »Dann sollen eben alle Autofahrer eine Vignette kaufen«, dachten sich Verkehrsexperten der Regierungskoalition. Doch im Sejm, dem polnischen Parlament, stimmte der Juniorpartner, die gemäßigte Bauernpartei PSL, gegen den eigenen Gesetzentwurf. Regierungs-Chef Leszek Miller von der sozialdemokratischen SLD kündigte daraufhin die Koalition. Wenig später hat die Opposition einen Misstrauensantrag gegen Minister Pol gestellt – und verloren. Nun ist Marek Pol zuversichtlich, dass Polen ab 2005 dank Vignetten und mit Hilfe von Privatunternehmen jährlich 200 Kilometer Autobahn bauen kann.

Das polnische Autobahnnetz soll insgesamt 2000 Kilometer umfassen. Die A1 wird Danzig mit Thorn, Tschenstochau und Tschechien verbinden. Die A2 erstreckt sich von Frankfurt/Oder über Posen und Konin nach Warschau. Die geplante A3 verknüpft Stettin mit Niederschlesien. Und die A4 reicht vom deutschpolnischen Grenzübergang bei Forst über Breslau nach Krakau. Insgesamt 550 Kilometer Autobahn werden mit Vignetten und Steuergeldern finanziert. Darüber hinaus hat das polnische Transportministerium drei Privatfirmen Konzessionen zum Bau und Betrieb von Autobahnabschnitten erteilt. Die Gdansk Transport Company baut den A1-Abschnitt von Danzig nach Thorn. Die Aktiengesellschaft Autostrada Wielkopolska errichtet die A2 zwischen Swiecko und Strykow, und die Firma Stalexport kümmert sich um die A4 zwischen Kattowitz und Krakau. Sobald ein Abschnitt fertig ist, müssen die Autofahrer an Mautstellen zahlen. So verlangt die Aktiengesellschaft Autostrada Wielkopolska auf dem 50 Kilometer langen modernisierten Teil der A2 zwischen Konin und Wrzesnia seit Jahresanfang 2,50 Euro (zehn Zloty) für Personenwagen und 7,50 Euro für einen Lastwagen. Wojciech zahlt murrend: »Immerhin komme ich dort mit meinem Lastwagen doppelt so schnell voran wie auf der Landstraße.« Und das kann sogar Leid verringern – zum Beispiel das Leid der Fohlen auf dem Weg zum Pferdemetzger.

Schlachter warten schon auf Fohlen

Sie haben Durst. Sie hungern. Und sie zittern vor Angst. Dicht gedrängt stehen 20 Pferde im Transporter. Fohlen neben Mähren und trächtige Stuten neben kranken Hengsten. So dicht sind sie an der Wagenwand angebunden, dass sie sich kaum bewegen können. Falls ein Tier auf dem feuchten Boden ausrutscht und hinfällt, kann es nicht wieder aufstehen. Andere treten es, brechen ihm die Knochen. Bis zu 95 Stunden dauert die Fahrt. 2500 Kilometer über Landstraßen voller Schlaglöcher und Kurven. Von Polen durch Tschechien und die Slowakei, über Ungarn und Slowenien nach Süditalien. Wenn dort endlich die Ladeklappe aufgeht, steht davor der Pferdemetzger. Polen ist Europas größter Exporteur von Pferden zum Schlachten. Etwa 30.000 Tiere wurden voriges Jahr (2002) nach Angaben des polnischen Landwirtschaftsministeriums ins Ausland verkauft. Ein Zehntel ging nach Frankreich und Belgien, 90 Prozent nach Italien. Die Pferdehändler fahren einen Bogen um Deutschland und Österreich, weil sie dort strenge Kontrollen fürchten. Sie wissen, dass ihre Transporte nicht den EU-Normen entsprechen. Wegen Mängel bei der Fahrt kommen laut Polens Oberster Kontrollbehörde NIK bis zu 42 Prozent der Pferde verletzt, krank oder sogar tot in Italiens Schlachthäusern an. Dagegen regt sich nun in Polen verstärkt Protest.

73 Prozent der Polen sind gegen den Export von Pferden zum Schlachten. Das ergab eine Umfrage des Warschauer Meinungsforschungs-Instituts »IQS & Quant Group«. Genau 191.618 Unterschriften gegen die Exporte erhielt die polnische Regierung im vergangenen Jahr von Pferdeschützern. Auch Künstler wie die Sängerin Iga Cembrzynska und der Schauspieler Daniel Olbrychski haben sich der Kampagne angeschlossen. Der 16-jährige Kuba Stepniak aus Danzig organisierte in der Waldoper von

Sopot ein Benefizkonzert. Mit dem Erlös rettete er zehn Pferde vor der Reise in den Tod. Sogar Polens First Lady Jolanta Kwasniewska lobt die Initiative zum Schutz der Pferde, die das Danziger Tierschutz-Institut führt. Auch im Umfeld von Regierungschef Leszek Miller sorgt man sich um Polens Image: »Ist es angesichts der massiven Proteste und der prominenten Unterstützer nicht ratsam, die Exporte von Schlachtpferden nach Italien einzustellen?«, heißt es in einem vertraulichen Schreiben aus der Kanzlei des Premiers an das Landwirtschaftsministerium. Doch Vize-Agrarminister Jozef Pilarczyk winkt ab. Er sieht keinen Handlungsbedarf.

»Die Regierung bleibt untätig zu Gunsten einer kleinen Interessengruppe, die mit dem Pferde-Export Geld macht«, kritisiert Joanna Draus von der Tierschutz-Organisation »Viva!«. Es seien genau 115 Firmen, die polnische Pferde nach Italien verkauften. Darunter große Unternehmen wie Cosmos aus Tschenstochau, Antonio aus Slomniki bei Krakau und Animex aus Warschau. Aber auch kleine Pferdehändler, die nur einen Lastwagen pro Jahr nach Süden schicken, sind dabei. Sie versorgen sich auf Pferdemärkten, die zwischen Ostsee und Tatra regelmäßig stattfinden, wie zum Beispiel in Skaryszew bei Radom, in Sochaczew bei Warschau und in Bodzentyn bei Kielce. »Kleinbauern und Reitstallbesitzer liefern die Pferde«, sagt Joanna Draus. Viele Kleinbauern haben seit der Wende kaum Einnahmen und brauchen dringend Geld. Ein Fohlen ist bei ihnen schon für umgerechnet 400 Euro zu haben. Reitstallbesitzer wollen alte oder kranke Pferde loswerden. Ein altes Pferd bringt bis zu 750 Euro. Geschlachtet werden die Tiere im süditalienischen Bari und auf der Insel Sardinien. »Der Pferde-Export würde sich nicht lohnen, wenn alle Vorschriften beachtet würden«, so Joanna Draus. Polen hat zwar seit dem vergangenen Sommer das gleiche Tierschutzgesetz wie die EU. »Aber es wird nicht durchgesetzt, es ist totes Papier.«

Als Alternative zum Schlachter sammelt »Viva!« Spenden für Pferde-Altersheime. In Polen kostet die Versorgung eines Tiers umgerechnet 50 Euro pro Monat. Andere Pferde verdienen sich ihr Gnadenbrot bei der Hippo-Therapie: Kinder mit Multipler Sklerose dürfen auf ihnen reiten. »Dafür sind alte Pferde ideal. Sie sind ruhig, geduldig und an Menschen gewöhnt«, sagt Joanna Draus. In Polen leben 500.000 Pferde, vor zehn Jahren waren es noch eine Million.

Martinsgänse lindern die Not

Zwanzig weiße Gänse schnattern im Hof. Aufgeregt recken sie ihre langen Hälse: Jolanta Oczkowska kommt mit einer Dose Hafer aus dem unverputzten weißen Kalksteinhaus. »Den Hafer kriegen die Gänse jetzt zusätzlich zum Gras. Damit sie schön fett werden«, sagt die 43-jährige Mutter von drei Töchtern. Jolanta Oczkowska blickt traurig auf ihre Gänse. Die Frau mit dem blonden Kurzhaarschnitt trägt eine blaue Kittelschürze, ihre Hände sind schwielig und zerfurcht. Seit sechs Jahren ist sie arbeitslos. Geld vom Staat bekommt sie nicht. Ihr Mann bezieht Frührente, umgerechnet 150 Euro im

Monat. Für eine Familie reicht das selbst in Polen auf dem Land kaum zum Überleben. Jolanta Oczkowska war hoffnungslos, bevor das Gänseprojekt in Rodaki (bei Kattowitz) begann. »Die ersten Gänseküken haben wir vor drei Jahren an bedürftige Familien verteilt«, erinnert sich Halina Ladon. Die 60-jährige Gemeindebeamtin hat das Projekt in dem südpolnischen 1000-Seelen-Dorf verwirklicht. »Damit die Leute wieder eine Aufgabe haben«, sagt die resolute Frau. Denn die Arbeitslosenrate liegt in Rodaki offiziell bei 20 Prozent. Tatsächlich sind in dem gepflegten Ort, den eine 400 Jahre alte Holzkirche und Blumenkübel neben jeder Bushaltestelle zieren, wohl viel mehr Menschen ohne Erwerbsquelle. Denn als Folge der Privatisierung haben die Papierfabrik im Nachbarort Klucze und die Bergwerke und Koksereien im nahen oberschlesischen Kohlerevier viele Arbeitsplätze wegrationalisiert. Selbst junge Leute mit Hochschulabschluss finden in der Region kaum noch einen Job.

»Die Idee mit den Gänsen stammt von meinem Sohn Lukasz«, sagt Halina Ladon. Der studierte Zootechniker hatte im Frühjahr 2001 sieben Gänseküken gekauft. Jedes Küken kostete sieben Zloty (1,6 Euro). Sie grasten auf einer Wiese am Haus und wuchsen zu stattlichen Gänsen heran. »Als sie vor dem Martinstag geschlachtet wurden, blieben von jeder Gans sechs Kilogramm Fleisch«, sagt Halina Ladon. Ein Kilo Gänsefleisch bringt zwölf Zloty (2,8 Euro). Futterkosten sind auf dem Land minimal. Also lohnt sich die Gänsezucht, dachte Halina Ladon. Daher hat sie dafür einen Plan entwickelt. Den Vorschlag reichte die Gemeindebeamtin beim Wettbewerb zur Bekämpfung der Armut auf dem Land ein. Die Warschauer Stiftung für Land-Entwicklung hatte den Wettbewerb im Jahre 2002 ausgelobt. Das Gänseprojekt aus Rodaki gefiel der Stiftungsjury. Sie gewährte für den Ankauf von Küken, Vitaminen und Schulungsmaterial einen einmaligen Betrag von 7500 Zloty (1750 Euro). »Mit dem Geld haben wir 500 Gänseküken gekauft und sie zur Aufzucht an 50 arme Familien verteilt«, erzählt Halina Ladon. Damit können die Familien zwar ihren Lebensunterhalt nicht bestreiten. »Aber für Arbeitslose und Leute mit winzigen Renten sind das Fleisch und die Einnahmen aus dem Daunenverkauf eine spürbare Unterstützung.«

Das sieht Grazyna Czerwinska ebenso. Die 46-jährige Mutter zweier Kinder beteiligt sich zum dritten Mal an dem Projekt. Zwölf Gänse grasen auf ihrer handtuchschmalen Wiese hinter dem Haus. Ihr Mann muss das Federvieh vor Sankt Martin schlachten. Im Winter werden sie sonntags aufgetischt: »Schön mit Äpfeln und Leber gefüllt«, sagt Grazyna Czerwinska. Abends zupft sie mit ihrer Mutter und anderen Frauen in geselliger Runde die Daunen. »Dabei höre ich viele Neuigkeiten aus dem Dorf«, sagt Grazyna Czerwinska und lächelt. Auch sonst bringen die Tiere Abwechslung. Im August feiern die Dorfbewohner ein Gänsefest. Die Kinder basteln dazu Gänseköpfe mit langen Hälsen, die sie wie Kochmützen beim Festumzug tragen. Die echten Gänse hocken derweil auf festlich geschmückten Leiterwagen und recken ihre Hälse aus den Holzkäfigen. Der Kirchenorganist Mieczyslaw Kumela hat speziell für dieses Fest ein Loblied auf die Gans komponiert. So haben die Gänse in Rodaki sowohl die materielle Lage als auch die Stimmung verbessert. Die Weltentwicklungs-Organisation UNDP zeichnete das Dorf deshalb im vergangenen Jahr mit einem Preis und weiteren 3000 Zlotys zum Ankauf von Gänseküken aus. In diesem Jahr hat das Projekt bei einem EU-Wettbewerb zur Land-Erneuerung den ersten Preis der Wojwodschaft Kleinpolen gewonnen. Wenn es im kommenden Jahr kein Geld mehr für den Kauf neuer Küken geben sollte, wird das Projekt wohl trotzdem weitergehen. »Einige Dorfbewohner wollen dann wieder Küken kaufen, mit eigenem Geld«, sagt Halina Ladon. Sie träumt allerdings davon, das Projekt viel größer aufzuziehen: mit Teilnehmern in mehreren Dörfern und mit einem Investor, der eine Fabrik zur Daunenverarbeitung errichtet. Tatsächlich träumen viele Polen von einer festen und anständig bezahlten Arbeitsstelle, gerne auch in einer Fabrik – wie zum Beispiel der Solidarnosc-Veteran Krzysztof Pedzinski in Danzig.

Solidarnosc-Veteran hofft auf ein Wunder

Fahles Licht schimmert im Flur. Jeder Schritt hallt auf dem Steinfußboden. In Danzig gibt es gemütlichere Orte als das Haus der Gewerkschaft Solidarität (»Solidarnosc«). Trotzdem geht Krzysztof Pedzinski jede Woche dorthin. Der Mann mit dem rötlichen Oberlippenbart studiert Stellenanzeigen, die im Korridor in einem Glaskasten hängen. »Ich nehme jede Arbeit an. In meinem Alter bleibt mir gar nichts anderes übrig«, sagt der 51-jährige Schlosser und dreht ein wenig verlegen die weiße Plastiktüte in seiner rechten Hand. 24 Jahre hat Pedzinski auf der Danziger Werft gearbeitet. Er war beim legendären Streik im August 1980 dabei. »Doch als die Werft vor vier Jahren umstrukturiert wurde, haben sie mich freigesetzt«, klagt der Mann im grünen Blouson. Fünf Monate lang bekam er Arbeitslosengeld: »125 Euro monatlich. Dann war Schluss.« Seitdem schlägt sich der Solidarnosc-Veteran mit Zeitarbeit durch. »So hatte ich mir die Zukunft nicht vorgestellt, als wir damals für die Freiheit streikten«, sagt er bitter (im Sommer 2005).

Der Freiheitskampf begann am 14. August 1980 in der Frühstückspause, als Krzysztof Pedzinski und seine Kollegen die Fahnen auspackten. »Wir zogen vors Direktionsgebäude. Am Tor hörte sich der Direktor unsere Forderungen an.« Die Werftarbeiter verlangten die Wiedereinstellung von zwei Streikführern: der Kranfahrerin Anna Walentynowicz und des Elektrikers Lech Walesa. Außerdem wollten sie eine Lohnerhöhung und ein Denkmal für die Werftarbeiter, die beim großen Streik von 1970 erschossen worden waren. »Wir streikten drei Tage. Schließlich stimmte die Direktion der Lohnerhöhung zu«, sagt Pedzinski. Doch damit gaben sich die Arbeiter nicht mehr zufrieden. Sie wollten mehr – sie forderten Freiheit. »Wir bildeten ein überbetriebliches Streikkomitee«, erinnert sich der Solidarnosc-Veteran. Lech Walesa übernahm den Vorsitz. Eine Liste mit 21 Forderungen wurde aufgestellt. Die wichtigsten Punkte waren die Einrichtung freier und unabhängiger Gewerkschaften, das Streikrecht und die Freiheit, die eigene Meinung zu äußern. »Dafür haben wir zwei Wochen gestreikt. Wir schliefen sogar in der Werft. Andere Betriebe an der Küste solidarisierten sich«, erzählt Pedzinski. Tag und Nacht drängten sich Verwandte und Freunde vor den Werfttoren. Sie brachten Lebensmittel und Zigaretten für die Streikenden.

»Walesa verhandelte mit der Regierungskommission. Ich hörte zu«, sagt Pedzinski. »Wir trotzten der kommunistischen Regierung das Recht ab, freie Gewerkschaften zu gründen. Die Unterschriften unter den Vereinbarungen vom 31. August 1980 – das war unser Triumph, das war die Geburtsstunde der Solidarnosc«, sagt der arbeitslose Gewerkschafts-Veteran. »Damals dachten wir, alles wird besser. Aber es wurde alles schlechter.« Vor der Wende hatte die Danziger Werft etwa 17.000 Beschäftigte. Heute, nach dem Bankrott und der Fusion mit der Gdingener Werft, arbeiten dort noch 2400 Menschen. »Die Politiker haben uns arbeitslos gemacht«, meint Pedzinski. Und bitter fügt er hinzu: »Walesa wurde Staatspräsident. Er hätte die Werft retten können. Aber das hat er nicht getan.« Pedzinski blickt ohne Hoffnung in die Zukunft.

»Ich fühle mich nicht mehr gebraucht«, sagt der 51-Jährige. Seit er seinen Arbeitsplatz auf der Werft verlor, hat er mal als Wartungsmechaniker im Orbis-Hotel in Soppot, mal als Mechaniker in einer Eisfabrik und sogar als Wachmann gearbeitet. »Das waren Zeitverträge. Neuerdings bieten mir die Chefs nur noch Schwarzarbeit an«, schimpft der Gewerkschafter. Auf der Werft hat er 400 Euro pro Monat verdient. Doch seitdem gibt es immer weniger – als Wachmann bekam er 225 Euro. »Ein Glück, dass meine Frau den Job im Postamt hat«, sagt Pedzinski. Um sich abzulenken, geht er häufig in seinen Schrebergarten. Außerdem meditiert er viel. »Danach fühle ich mich besser.« Die Kollegen von der Solidarnosc erstatten ihm die Kosten für Telefongespräche mit potenziellen Arbeitgebern. »Die meisten wimmeln mich mit der Bemerkung ab, ich sei zu gut ausgebildet«, sagt der 51-Jährige. Unterdessen war der Streik-Veteran auch schon mal wieder auf der Werft. »Wir führten ein Stück über Arbeitslose auf – in der Halle 42 A. Krzysztof Pedzinski spielte übrigens als Statist in dem Theaterstück mit. Es hieß: »Happy End«.

Aufbruch

Danziger Werft wird eine »Junge Stadt«

Wenn Michal Szlaga aus seinem Arbeitszimmer guckt, sieht er grüne Kräne und backsteinrote Montagehallen. Hier und da sprießen bereits Birken aus den maroden Hallendächern. »Die Werft verfällt. Ich habe nur noch wenig Zeit für mein Projekt«, sagt der große schlanke Fotograf. Auf seinem rechten Unterarm prangt ein rotes Herz mit der Inschrift »Monika«. Michal Szlaga wohnt im vierten Stock der ehemaligen Telefonzentrale der Danziger Werft. Seit vier Jahren porträtiert er Werftarbeiter. »Die Werftarbeiter sind wichtig für die Geschichte Polens«, sagt Szlaga. »Sie gründeten die Solidarnosc, die erste freie Gewerkschaft im Ostblock.« Meistens sind es verhärmte, unendlich traurige Gesichter von 40- bis 60-jährigen Frauen und Männern, die Szlaga abgelichtet hat. »Ehrliche, direkte Leute«, sagt der Fotograf. »Aber sie haben keine Karrieren wie Lech Walesa gemacht.« Vielmehr bangen sie um ihre Arbeitsplätze. Denn der Danziger Werft, die nach dem Zweiten Weltkrieg aus der ehemaligen Kaiserlichen und der Schichau-Werft entstand und bis zur Wende Lenin-Werft hieß, geht es schlecht. Wegen dunkler Machenschaften ihrer Manager musste sie 1996 Bankrott anmelden. Seitdem ist sie eine Filiale der Werft im nahen Gdynia (Gdingen). Statt 30 bis 40 Schiffe produziert sie nur noch zwei bis fünf Schiffe pro Jahr.

Wie es auf dem Werftgelände weitergeht, weiß Roman Sebastyanski. Der 40-jährige Marketing-Direktor der Entwicklungsgesellschaft Synergia 99 zeigt in der früheren Werftdirektion ein Modell der »Jungen Stadt«. Die

Wohn- und Geschäftssiedlung grenzt direkt ans Wasser – wie die Hamburger Hafencity. Einkaufsarkaden, eine Promenade der Freiheit und das Europäische Solidaritätszentrum für Kongresse und Messen sollen in der »Jungen Stadt« entstehen. »Außerdem sind Büros, Hotels und Restaurants sowie ein Jachthafen, ein Werftmuseum und Loft-Wohnungen für bis zu 6000 Menschen vorgesehen«, sagt Sebastyanski, der in Danzig Architektur und in Rotterdam Urbanmanagement studiert hat. Etwa zwei Milliarden Dollar und viel Zeit sind nötig, um die »Junge Stadt« zu bauen. Sebastyanski rechnet mit 20 bis 30 Jahren. Die Entwicklungsgesellschaft Synergia 99 hat 73 der 137 Hektar des Werftgeländes gekauft. Das Geld bekam sie von amerikanischen Risikokapitalfonds, die ihrerseits Garantien der US-Regierung besitzen. Ende 2004 stimmte auch der Danziger Stadtrat den Entwürfen zu. »Aber erst nachdem wir einwilligten, eine 1,5 Kilometer lange Autobahn durch die Junge Stadt zu bauen«, seufzt Sebastyanski. Er wirbt jetzt um Investoren. Die Hamburger Aluship Technology hat bereits eine Parzelle des Werftgeländes erworben.

Die »Junge Stadt« bietet laut Sebastyanski gute Chancen, dass die Kinder der Werftarbeiter am selben Ort wieder Arbeit finden – wenn auch in Dienstleistungsberufen. »Hier werden etwa gleich viele neue Jobs entstehen wie auf der Werft abgebaut wurden«, sagt er. Er könne es verstehen, dass der Ex-Arbeiterführer und Ex-Präsident Lech Walesa und viele Mitglieder der Solidarnosc (Solidarität) sentimentale Erinnerungen an die Werft und ihre einstmals 17.000 Arbeitsplätze hegten. »Aber die

Zeiten ändern sich. Die Schwerindustrie zieht von Polen nach China, da sind die Lohnkosten viel niedriger«, sagt der Marketing-Direktor. Zwar reißen Bagger hinter dem Werfttor 2 bereits die ersten Montagehallen ab. Aber weil noch keine Neubauten zu sehen sind und ihn die Negativmeldungen über die Werft nervten, hat Roman Sebastyanski junge Künstler wie den Fotografen Michal Szlaga und die Malerin Iwona Zajac eingeladen, sich auf dem Gelände niederzulassen. Bildhauer und Heavymetal-Rocker, Computer-Designer, Tänzerinnen und Theatermacher – etwa 30 Talente arbeiten nun dort, probieren Neues aus.

Der Kunstprofessor Grzegorz Klaman will sogar ein Kunstinstitut auf der Werft errichten. Er baute dort bereits die viel beachtete Ausstellung »Weg zur Freiheit« auf. Sie dokumentiert die Entstehung der Solidarnosc im August 1980. Doch inzwischen hat sich der Professor mit den Stadtoberen und der Gewerkschafts-Elite verkracht. »Sie üben Zensur gegen radikale Kunst aus, sie zeigen keine Toleranz«, beklagt Klaman. Deshalb eröffnet er zusammen mit der Kuratorin Aneta Szylak am 2. September 2005 eine eigene Solidarnosc-Ausstellung auf der Werft. Sie heißt »Wächter in der Werft«. Das Warschauer Goethe-Institut unterstützt die Schau. »Das ist die einzige Solidarnosc-Ausstellung, die nicht zensiert ist«, versichert Aneta Szylak.

Hunderttausende Polen arbeiten im Ausland

Zumeist bleiben die polnischen Arbeitsemigranten zwei oder drei Monate im Ausland – vor allem in Deutschland, in den USA und in Italien. Sie bringen laut Schätzungen zwei Milliarden Euro mit zurück. »Ich hatte mein Medizinstudium beendet, war arbeitslos und bezog Stempelgeld«, erzählt Zbigniew Piechowicz. »Deshalb fuhr ich gerne zur Weinlese nach Deutschland, zumal die Beschäftigung legal und der Verdienst gesichert war.« Ein Beispiel von vielen. Denn nach Schätzungen des Polnischen Statistikamtes (GUS) halten sich etwa 546.000 polnische Bürger als Arbeitsemigranten im Ausland auf. Mehr als ein Drittel von ihnen ist laut GUS in Deutschland tätig – zumeist legal, wie in Polen betont wird. Sie wollen Geld verdienen. Deshalb reisten im Jahre 2002 laut offizieller Erkenntnisse 204.204. Polen nach Deutschland. Weitere 109.746 polnische Arbeitsemigranten flogen in die USA und 27.300 suchten Jobs in Italien. Auch Kanada, England und Frankreich gelten als wichtige Ziele für polnische Arbeitsuchende. Meistens dauern diese Auslandsaufenthalte zwei bis drei Monate, sind also Saisonarbeiten, wie eine Umfrage der Zeitung Rzeczpospolita jetzt ergab. Fast jeder zehnte Befragte sagte auch, dass er selbst oder sonst jemand aus seiner Familie im Laufe der vergangenen zwölf Monate im Ausland gearbeitet habe.

Die Mehrheit derjenigen, die Jobs im Ausland suchen, ist in Polen arbeitslos gemeldet. Kein Wunder also, dass die Emigranten vor allem aus dem strukturschwachen Süden und Osten Polens kommen. Von 1000 Einwohnern fuhren laut Statistik 98,8 aus der schlesischen Woiwodschaft Oppeln und 45,5 aus der ostpolnischen Woiwodschaft Podlasien ins Ausland zur Arbeit. Im Oppelner Gebiet wohnen allerdings viele Deutschstämmige, die neben dem polnischen auch einen deutschen Reisepass besitzen und daher problemlos in Deutschland arbeiten können. Die wenigsten Arbeitsemigranten, nämlich jeweils 6,8 je 1000 Einwohner, kommen aus den wirtschaftlich starken zentralpolnischen Woiwodschaften um Posen und Lodz. Aus der Gegend um Stettin kamen 15 und aus dem Gebiet von Slubice östlich von Frankfurt/Oder 15,5 Emigranten pro 1000 Einwohner.

Der durchschnittliche Emigrant, so die Vermutung in Polen, verdient 500 Euro im Monat. Bei rund 550.000 Emigranten ergebe das pro Jahr 3,3 Milliarden Euro. »Wenn von dieser Summe nur zwei Drittel nach Polen überwiesen werden, bedeutet das alljährlich einen Zufluss von 2,2 Milliarden Euro«, heißt es in Warschau. 500 Euro sind in Polen übrigens viel Geld: So viel erhalten junge Ingenieure und Betriebswirte als Einstiegsgehalt in der Hauptstadt. Bargeld-Überweisungen von Emigranten sind, wie Politiker aller Fraktionen im Warschauer Parlament bestätigen, für die zu Hause gebliebenen Familien und für Polens Wirtschaft von großer Bedeutung. Das erklärt auch, warum in Polen das Thema »Arbeiten im Ausland« so aufmerksam beachtet wird. So zeigte sich die polnische Öffentlichkeit jüngst tief enttäuscht, als US-Präsident George W. Bush die Visums-Pflicht für die 38 Millionen polnischen Staatsbürger nicht aufgehoben hat. Und so herrscht jetzt öffentliche Empörung über das Schicksal des 43-jährigen Schwarzarbeiters Cezary J., der bei einer Razzia auf einer Baustelle in Deutschland in Handschellen gelegt und nach Polen abgeschoben wurde. Andererseits staunen gerade Deutsche, wenn sie hören oder lesen: Ausländer haben gute Chancen auf dem polnischen Arbeitsmarkt. So auch Steffen Möller, er hat seine Chance in Polen genutzt – mit riesigem Erfolg.

Wie Steffen Möller ganz Polen begeistert
In Berlin war er Student. In Polen ist Steffen Möller ein Star. Wenn er in der Fernsehserie »L wie Liebe« auftritt, schauen acht Millionen Polen zu (anno 2003). »Damit liegen wir hier auf Platz zwei der Einschaltquoten«, sagt der 34-Jährige, der in Wolfhagen bei Kassel geboren wurde und in Wuppertal aufgewachsen ist.

Akkurater Haarschnitt, dunkles Sakko: Steffen Möller rührt ruhig in seiner Tasse Tee, schaut aus dem Caféhaus-Fenster. Schneeflocken wirbeln durch Warschau. »Ich habe an der FU evangelische Theologie und Philosophie studiert«, erzählt er und lächelt verschmitzt. »Zuerst wohnte ich in Lichterfelde, später in der Dunckerstraße auf dem Prenzelberg.« Mit der Band »Die Harten Schanker« sang er in den Hackeschen Höfen. 1994 schockt Steffen seine Freunde. Er geht nach Polen, paukt Polnisch. »Ich liebe die Selbstironie der Polen«, sagt Steffen. »Sie sind total skeptisch.« Ideale Bedingungen für Kabarettisten. Sechs Jahre lang büffelt er die Sprache, dann wagt er den ersten Auftritt. »Mir schlotterten die Beine.

Ich hatte jedes Wort auswendig gelernt«, erinnert sich der Berliner. Bald darauf entdeckt ihn Artur Andrus. Der Radiomoderator gibt ihm eine Solovorstellung im Warschauer Kult-Kabarett Harenda.

Ob Postamt oder Tram: Ideen fürs Kabarett findet Steffen überall in Warschau. Auch seine alte, misstrauische Nachbarin Pani Zdzislawa regt ihn immer wieder zu Parodien an. Er wohnt in der ulica Nowolipki – 60 Quadratmeter, vierte Etage. Der Literaturkritiker Marcel Reich-Ranicki hat dort ebenfalls mal gelebt. Beim Kabarett-Wettbewerb Paka gewann Steffen im April 2002 den zweiten Preis. Die Drehbuchautorin Ilona Lebkowska war von Steffens Auftritt begeistert. Prompt gab sie ihm eine Rolle in der Erfolgsserie »M jak Milosc« (bedeutet: L wie Liebe). Steffen: »Ich spiele einen deutschen Bauern, der Land in Polen pachtet und Kartoffeln für Pommes frites anbaut.« Die Folgen laufen dienstags und mittwochs um 20 Uhr auf TVP 2. Erfolg bringt Erfolg: Steffen Möller hat jetzt eine weitere Rolle auf TVP 2. Jedes zweite Wochenende tritt er abends in der Show »Europa lässt sich mögen« auf. Und im Harenda zündet er Anfang April ein neues Kabarettprogramm. Nur so viel verrät er: »Es geht um Beziehungen zwischen Frauen und Männern.« Selbst ist Steffen zufrieden. Seine polnische Freundin Joanna meint, dass er jetzt schon etwas besser Polnisch spreche. Ganz ähnlich ergeht es übrigens dem Schweizer Chefkoch Kurt Scheller, seit er in Warschau ist.

Erste Koch-Akademie in Polen eröffnet

Polens erste Koch-Akademie: Der Schweizer Chefkoch Kurt Scheller hat sie jetzt in Warschau eröffnet (anno 2002). Die »Kurt Scheller Academy« bietet Abend-, Tages- und Wochenkurse für Profis und Amateure. »Viel Praxis, keine Theorie«, so lautet Schellers Motto. Pasta, Desserts und ein italienisches Menü stehen als nächstes auf seinem Lehrplan. Die Teilnehmer zahlen je nach Kurs umgerechnet zwischen 40 und 500 Euro. Bevor Scheller nach Polen kam, kochte er unter anderem für Hilton und Inter-Continental in Moskau, Kairo, Kuwait und in Montego Bay auf Jamaika.

Silberne Pokale und eingerahmte Ehrenurkunden zieren den Flur der Akademie. Scheller hat sie in einem pinkfarbenen Geschäftshaus in der ulica Piekna 68 im Stadtzentrum eingerichtet. In der weiß gefliesten Küche stehen aufgereiht acht Elektroherde mit Ceranfeldern, daneben sind Arbeitsflächen montiert und darüber Dunstabzugshauben in Silbermetallic. Am Ende der Herdreihe wirkt der Küchenchef. Über seinem Arbeitsplatz hängt schräg ein großer Spiegel: »Damit alle Teilnehmer genau sehen, wie ich die Speisen zubereite«, so Kurt Scheller. Er spricht Deutsch, Englisch und Französisch. Ob einen Abend lang, ein Wochenende oder eine ganze Woche: Profi- und Hobbyköche können in Schellers Cooking Academy zwischen verschiedenen Kursen wählen. Profis zahlen für einwöchige Abendkurse 240 Euro und für einwöchige Tageskurse 500 Euro. »Vor allem polnische Köche, die in England arbeiten wollen, holen sich bei mir den letzten Schliff«, sagt Scheller. Die Aus- und

Weiterbildung von Profi-Köchen in Polen ist seiner Einschätzung nach eine große Marktlücke. »In Polen fehlt den Köchen die Basis. Sie lernen ein wenig Theorie in der Schule, machen dann ein Praktikum. Das ist alles.«

Eintägige Hobbykurse dauern bei Scheller von 18 bis etwa 21.30 Uhr, samstags beginnen sie bereits um 17 Uhr. Inklusive aller Zutaten kosten sie je nach Gericht zwischen 40 und 55 Euro. Am Ende des Kurses essen die Teilnehmer alles selbst auf, was sie gekocht haben. »Banker und Rechtsanwälte nehmen an meinen Amateurkursen teil«, sagt Scheller. Die jungen erfolgreichen Polen haben auf Reisen Appetit auf neue Gerichte bekommen. Von Scheller wollen sie lernen, wie man Sushi, Paesto oder ein frisches Tiramisu selber herstellt. »Außerdem mache ich Team-Building für Firmen«, sagt Scheller. Dann schmunzelt der 50-jährige Familienvater unter seiner blauen Baskenmütze, dreht den geschwungenen Knebelbart und erzählt: »Warschauer Mütter schicken sogar ihre Töchter in meine Cooking Academy. Damit sie gut kochen lernen und anschließend besser zu verheiraten sind.« Scheller selbst hat mit seiner finnischen Frau Mitsu eine 25-jährige Tochter und einen 20-jährigen Sohn. Da er aus Luzern stammt, hält er sich auch in Warschau einen Berner Sennenhund. »Er heißt Doktor Schiwago, weil ich den Doktor-Schiwago-Darsteller Omar Sharif aus meiner Zeit in Kairo gut kenne«, sagt Scheller.

In Warschau arbeitet der Chefkoch seit zwölf Jahren. »Zuerst habe ich das Hotel Bristol miteröffnet, dann leitete ich die Küche des Sheraton-Hotels.« In dieser Zeit hat Kurt Scheller etliche Köche ausgebildet, die nun in Polen berühmt sind, so zum Beispiel Grzegorz Kazubski, Chef der Orbis-Hotels. Nebenher gründete Scheller 1993 den polnischen Köche-Verband. Drei Jahre lang war er dessen Vorsitzender. Beim Europäischen Barbecue-Wettbewerb in Ungarn errang er mit der polnischen Nationalmannschaft im vergangenen Jahr den Europameister-Titel. Trotz aller Erfolge hegt Kurt Scheller noch einen geheimen Wunsch: Er träumt von einem alten Schloss in Polen, in dem er seine Koch-Akademie und ein Restaurant eröffnen möchte. Deutsche Winzer hingegen träumen von guten Geschäften mit polnischen Gastronomen – auch in Warschau.

Warschauer Elite verkostet deutsche Weine

Mehr als 200 Wirtschaftsmanager, Politiker und Gastronomie-Experten eilten Mitte Februar (2004) in Warschau in den Palast Sobanski – zur exklusiven Weinprobe. »Erstmals seit 60 Jahren findet hier und heute wieder eine Verkostung deutscher Spitzenweine statt«, sagte Reinhard Schweppe, der Deutsche Botschafter in Polen. Er und seine Gattin, Margret Schweppe-Ebber, hatten zu der Weinprobe eingeladen. Schweppe: »Heute wollen wir Spaß und längerfristig wollen wir Geschäftsbeziehungen anbahnen. Deshalb gründen wir heute auch die Gesellschaft des deutschen Weines in Polen.« Neben Weinprinzessin Antje Wiedemann präsentierten sich in Warschau sechs führende deutsche Weingüter: das Prinz zu Salm-Dalber'sche Weingut (Nahe), Weingut Villa

Sachsen (Rheinhessen), Weingut Zur Schwane (Franken), Domänenweingut Schloss Schönborn (Rheingau), Weingut Stigler (Baden), Weingut Selbach-Oster (Mosel) und Weingut Van Volxem (Saar). Die Besucher konnten insgesamt 31 Weiß- und Rotweine probieren, zum Beispiel den »Villa Sachsen Riesling Qualitätswein« von 2001 aus der 750 Milliliter-Flasche zu 47 Zloty (umgerechnet zehn Euro), den 2002-er »Pergentsknopp Scharzhofberger Riesling« von Van Volxem zu 190 Zloty (rund 40 Euro) und den 2002-er »Wallhausen Felseneck Riesling Eiswein« vom Salm-Dalber'schen Weingut aus der 375 Milliliter-Flasche zu 862 Zloty (etwa 183 Euro).

»Die Stärke unserer Weine ist die lange Vegetationszeit«, sagte Michael Prinz zu Salm-Salm, der Präsident des Verbands Deutscher Prädikats- und Qualitätsweingüter (VDP). »Wir ernten bis November, daher schöpfen unsere Trauben mehr Mineralien, entwickeln mehr Aromen und Duftstoffe als Trauben in Südeuropa.« In Deutschland gibt es laut Prinz zu Salm-Salm rund 20.000 Weinbaubetriebe, darunter 200 Prädikats-Weingüter. »Was wir versuchen, ist auch Kunsthandwerk«, sagte der Prinz, womit er auf die Leistungen polnischer Kunsthandwerker beim Wiederaufbau nach dem Zweiten Weltkrieg anspielte. »In Warschauer Restaurants sehe ich einen großen Mangel an guten deutschen Weinen. Viele Gäste wissen noch gar nicht, was ihnen entgeht«, sagte Roman Niewodniczanski, Besitzer des Weinguts Van Volxem in Wiltingen an der Saar. Er betonte, dass keine Weinbauregion der Welt in den vergangenen 15 Jahren solch eine Qualitäts-Revolution erlebt habe wie

Deutschland. Niewodniczanski sprach von einer Renaissance des deutschen Weines und davon, dass sich Sommeliers in den USA für die Mineralität und Feinfruchtigkeit der deutschen Weine begeistern. »Diese Weine passen perfekt zur leichten, gesunden Küche, die jetzt auch in Polen wieder entdeckt wird.« Polnische Importeure können deutsche Spitzenweine am 16. März 2004 in Warschau verkosten: von 14 bis 16 Uhr in den Räumen des Deutschen Historischen Instituts an der Aleja Ujazdowskie 39. Derweil versuchen polnische Brauer, deutsche Biertrinker als Kunden zu gewinnen – Beispiel Tyskie.

Tyskie drängt auf den deutschen Biermarkt

Die Fürstliche Tyskie-Brauerei im südpolnischen Tychy nimmt den deutschen Biermarkt ins Visier. Das hat Brauereidirektor Karl Lippert (43) jetzt in Tychy, dem einstigen Tichau bei Kattowitz angekündigt. Im vorigen Jahr (2003) hat Tyskie 5,6 Millionen Hektoliter Bier gebraut und gilt als größte Biermarke Polens. Das 375 Jahre alte Unternehmen gehört seit 1996 zum internationalen Brauereikonzern SABMiller, der aus der südafrikanischen South African Breweries hervorgegangen ist. Karl Lippert, deutschstämmig und Ingenieur, kommt aus Lüderitzbuch in Namibia. »Jetzt, wo Polen in der EU ist, wollen wir mehr exportieren«, sagt Lippert. »Ich hoffe, dass Deutschland ein Markt für uns wird.« Der Brauereidirektor lässt durchblicken, dass er Kontakt mit deutschen Großhändlern aufgenommen hat. »Von uns aus kann es morgen losgehen«, sagt Lippert. Seine

Konkurrenten von der polnischen Zywiec-Brauerei, einer Heineken-Tochter, sind da schon ein Stück weiter. »Unser offizieller Vertriebspartner in Deutschland ist die Firma Lazar in Hamm«, bestätigt Katarzyna Ciola, Exportfachfrau der Brauerei Zywiec im gleichnamigen Ort in Südpolen.

Tyskie-Chef Lippert betont vor allem die Qualität, weniger den Preisvorteil seines Bieres. »Vor zwei Jahren haben wir den sogenannten Bier-Oscar im internationalen Brauwettbewerb von Burton on Trent, gewonnen«, erzählt er. Vor einem Kostenwettbewerb fürchtet er sich aber auch nicht: Für einen Hektoliter Tyskie berechnet er ohne Bier- und Mehrwertsteuer ab Brauerei 230,74 Zloty, umgerechnet etwa 53 Euro. Allerdings zählen Biere aus Polen auf dem deutschen Markt bislang eher zu den Exoten. »Im Jahre 2003 kamen 17.000 Hektoliter polnisches Bier nach Deutschland«, sagt Birte Kleppien vom Deutschen Brauer-Bund in Bonn. Das waren zum Beispiel 1,22 Prozent der Biermenge, die Dänemark nach Deutschland geliefert hat. Von dort wurden 1.389.000 Hektoliter eingeführt. Insgesamt machten importierte Biere im vorigen Jahr nur 2,7 Prozent des Gesamtverbrauchs in Deutschland aus. »Dieser Wert zeigt bereits seit Jahren keine großen Veränderungen – er liegt immer um drei Prozent«, erläutert Birte Kleppien. Den konstant geringen Marktanteil importierter Biere wertet der Brauer-Bund als deutliches Bekenntnis der deutschen Biertrinker zum Reinheitsgebot. Birte Kleppien: »Wer ein deutsches Bier trinkt, weiß genau, was er konsumiert – und das ist ein unschätzbarer Vorteil deutscher Biere.«

Doch da kontert Karl Lippert, der Chef der Fürstlichen Tyskie-Brauerei im oberschlesischen Tychy selbstbewusst: »Polnisches Bier ist gutes Bier.« Er verweist auf Qualitätsverbesserungen und auf die hervorragende Konsistenz seiner Produkte.

»Wir verwenden keine Enzyme oder chemische Zusätze«, stellt Brauereidirektor Lippert klar. Allerdings räumt er ein, dass Tyskie-Bier 90 Prozent Malz und 10 Prozent Maltose enthält. »Das ist Zucker aus Malz. Damit wird das Bier besser trinkbar«, erklärt er. Außerdem liegt der durchschnittliche Alkoholgehalt polnischer Biere laut Lippert bei 5,7 Prozent, sei also höher als der Durchschnittsgehalt in deutschen Bieren. Tatsächlich hat der Bierexport für die polnische Brauereibranche bislang mit 0,7 Prozent des Produktionsvolumens nur eine geringe Bedeutung. Traditionelle Abnehmer sind Länder, in denen viele Polen leben. So gehen allein in die USA 50 Prozent des polnischen Bierexports, nach Kanada 21 Prozent und nach Russland mehr als zehn Prozent. Deutschland nimmt nach Angaben der Deutsch-Polnischen Wirtschaftsförderungsgesellschaft etwa sieben Prozent der polnischen Bierausfuhr auf. Doch nicht nur polnische Brauer wollen deutsche Kunden gewinnen: Auch polnische Beauty-Kliniken werben um Deutsche.

Zur Schönheits-Operation nach Polen

Sie spürt nur leichte Schmerzen. Nach der vierstündigen Operation liegt die 28-jährige Urszula in einem komfortablen Einzelzimmer. Das Fenster ist weit geöffnet. Vom

Bett schaut die blonde Außenhandelskauffrau auf einen Wald. »Ich habe meinen Bauch straffen lassen«, sagt sie. Nach der Geburt ihrer Tochter vor zwei Monaten sei das nötig gewesen. Das Beratungsgespräch in der Stettiner Privatklinik Art Medica hat ihr gut gefallen. Urszula war kurzentschlossen: Gleich am folgenden Morgen ließ sie sich operieren. Nach vier Tagen kann sie die Klinik verlassen. »Ich habe meiner Freundin per Handy von der Schönheits-OP erzählt«, sagt die junge Frau. »Sie hat prompt beschlossen, in der nächsten Woche selbst zur Bauchstraffung zu kommen.«

Art Medica gehört zu einer ganzen Reihe von ultramodernen Schönheitskliniken, die sich in Westpolen an der Grenze zu Deutschland angesiedelt haben. Immer stärker zielen sie auf Kunden aus dem westlichen Nachbarland. Ihre bunten Werbeanzeigen finden sich unter anderem im Bordmagazin »Kalejdoskop« der polnischen Linienfluggesellschaft LOT. Allein in Stettin gibt es drei solcher Privatkliniken. In einem Test des polnischen Nachrichtenmagazins »Wprost« belegen sie Spitzenplätze. Wegen günstiger Preise sind sie das Ziel von immer mehr Deutschen. »35 Prozent unserer Patienten kommen aus Deutschland«, bestätigt Zbigniew Matuszewski, Lasertherapeut und Direktor von Art Medica. Viel dunkles Holz, helle hohe Räume und Jugendstil-Dekor prägen das Innere der völlig modernisierten Privatklinik. 14 Fachärzte arbeiten dort – vom Plastischen Chirurgen und Dermatologen bis zum Gynäkologen. Die Stettiner Klinik hat 14 Betten und 15 Krankenschwestern. Für dieses Jahr rechnet Direktor

Matuszewski mit insgesamt 650 Schönheitsoperationen allein in seiner Klinik.

»Brustvergrößerungen machen 60 bis 70 Prozent unserer Operationen aus«, erklärt der 33-Jährige. Je nach Implantat kostet solch ein Eingriff zwischen 2400 und 2900 Euro. Darin ist laut Matuszewski alles inbegriffen, auch der zwei- bis dreitägige Krankenhausaufenthalt. Ambulant lassen sich viele Patienten Narben, Hautflecken und Tätowierungen per Laser entfernen – für 25 Euro pro Quadratzentimeter. Häufig nehmen die Art-Medica-Ärzte auch Korrekturen an Ohren, Augen und Nasen vor. Alle diese Behandlungen dauern zwischen einer Stunde und einem Tag. »Nur Lifting ist selten geworden. Wir machen kaum noch 40 Operationen pro Jahr«, sagt Matuszewski. Sie haben die neuesten Operationstechniken studiert, benutzen modernste Geräte und besuchen regelmäßig Fortbildungen in den USA, in Schweden und in der Schweiz: »Wir arbeiten mit der gleichen Qualität wir unsere Kollegen in Deutschland, nur billiger«, sagt Matuszewski. Das hänge vor allem damit zusammen, dass gut ausgebildete Krankenschwestern in polnischen Privatkliniken 600 Euro verdienen. Für dortige Verhältnisse ein guter Lohn: Staatliche Kliniken zahlen nur 250 Euro. Verständigungsprobleme gibt es keine, weil alle Ärzte und Schwestern Englisch und Deutsch sprechen oder eine Dolmetscherin dabei haben.

Nach der telefonischen Terminvereinbarung geht es bei Art Medica so weiter: »Heute Konsultation, morgen Operation – damit ausländische Patienten möglichst alles mit einer kurzen Reise erledigen können«, verspricht

Matuszewski. Bei plastischen Operationen besteht seine Klinik auf Vorkasse. »Denn manchmal wollten Patienten nachher nicht bezahlen«, räumt er ein. Mit deutschen gesetzlichen Krankenkassen arbeitet er nur ausnahmsweise zusammen, wenn sie seinen Kostenvoranschlag akzeptieren. Trotz alledem trauen sich viele deutsche Interessenten noch nicht so recht in die Kliniken jenseits der Grenze. Eine Situation, die der dänische Marketing-Experte Jesper Rainer vor drei Jahren als Marktlücke erkannt hat. Er vermittelt seitdem Deutschen und Dänen komplette Pauschalpakete mit Schönheitsoperationen oder Zahnbehandlungen in Stettin. »Wir lassen für die Interessenten verbindliche Kostenangebote erstellen«, erzählt Rainer. Im Behandlungsplan werden alle Termine genau festgelegt. Außerdem buchen seine Mitarbeiter Hotelzimmer, holen die Gäste dort morgens ab und dolmetschen für sie beim Arzt. Für diesen Service zahlen nicht die Kunden, sondern Rainers Vertragskliniken wie Aesthetic Med. »Wir sind das Marketingbüro der Kliniken. Die Kosten bei unseren Ärzten sind nicht höher als bei anderen Ärzten in Stettin«, verspricht der Vermittler.

Hotelboom

Bristol: Warschaus feinste Adresse wird 100

Renovierte Zimmer mit Fax und Internet-Anschluss, Business Lunches vom Büffet, Fitness Club und günstige Arrangements für Geschäftsreisende, die länger bleiben: Mit solchen Annehmlichkeiten begrüßt das Warschauer Hotel Le Royal Meridien Bristol seine Gäste im Jubiläumsjahr. Vor 100 Jahren, am 16. November 1901, eröffnete der Pianist und Hotelaktionär Ignacy Paderewski das Haus mit dem stilvollen Innenhof. Es gehört jetzt zu den Leading Hotels.

Unzugänglich und nur ein architektonisches Schmuckelement war bislang der säulengesäumte Pavillon »Gloriette«, der die weiße Hotelfassade krönt. Doch ab sofort können Gäste die »Gloriette« als Freiluft-Festraum mieten – für romantische Dinner oder für exklusive Cocktail-Partys mit bis zu 25 Personen. »Von dort oben genießen sie die freie Aussicht auf Warschau und seine neuen Hochhäuser«, so Hotelsprecherin Agnieszka Najberek. Die ersten TV-Werbespots seien dort bereits gedreht worden. 1000 US-Dollar pro Tag kostet es, die »Gloriette« zu mieten. Spaniens Supertenor José Carreras ist Stammgast im Bristol. Claudia Schiffer und Naomi Campbell, die Rolling Stones, Alt-Bundeskanzler Helmut Kohl und Frankreichs Staatspräsident Jacques Chirac übernachteten in jüngster Zeit in dem Hotel. Es hat 206 Gästezimmer und steht an der Prachtstraße Krakowskie Przedmiescie, direkt neben dem Palast von Polens Präsidenten. Bis zum wieder aufgebauten Schloss und der restaurierten Altstadt brauchen Fußgänger nur wenige Minuten.

Speziell für Wochenend-Besucher schnürte die Hotelleitung das Pauschalpaket »Taste of Warsaw«. Mit zwei Übernachtungen, Frühstück, einem Vier-Gänge-Menü im Restaurant Malinowa, Stadtrundfahrt sowie Pool- und Saunabenutzung ist es pro Person für 187,50 US-Dollar zu buchen. Das Angebot gilt bis 31. März 2002. Jeden Sonntag von 12.30 bis 17 Uhr treffen sich Warschauer und ihre Gäste im Bristol zum Brunch. Inklusive Sekt zahlen die Teilnehmer 139 Zloty, umgerechnet etwa 70 Mark.

Hotelboom an der Weichsel

Wo Baukräne surren, glitzern bald Glasfassaden: Westin baut mitten im Warschauer Geschäftszentrum ein 22-stöckiges Business-Hotel für 79,5 Millionen Euro. Im Sommer 2003 soll es fertig sein. Schräg gegenüber eröffnet das Radisson SAS Centrum Hotel bereits am 2. September dieses Jahres. Außerdem kommen Intercontinental und Crowne Plaza in die Weichselstadt. Hyatt, Marriott und Sheraton sind schon da. Alle Hotels erwarten mehr Geschäftsreisende. »Weil Warschau Europas Tor nach Osten wird«, sagte Stadtpräsident Wojciech Kozak jetzt beim feierlichen Einmauern des Ecksteins im Westin Hotel.

»Ob italienisch, skandinavisch oder maritim - unsere Gäste können zwischen drei Zimmer-Stilen wählen«, sagt Lidia Wiszniewska. Sie arbeitet als Marketing-Direktorin im neuen Warschauer Radisson SAS Hotel. Das Vier-Sterne-Haus hat 311 Gästezimmer auf neun Etagen.

Skandinavisch eingerichtet sind die Stockwerke zwei bis vier, darüber kommen jeweils drei Etagen im maritimen und italienischen Stil. Bis zum Fußboden reichen die Fenster, als Sonnenschutz lassen sich Holzläden mit Lamellen vorschieben. Jedes Zimmer hat ein Doppelbett, drei Telefone sowie Fernsehgerät, Kaffeekocher, Bügelbrett und Bügeleisen, Hosenpresse, Haartrockner, Safe und Minibar. Individuell lässt sich die Klimaanlage regulieren. Pro Nacht kostet ein Zimmer ohne Frühstück 206 Euro (Rack rate), dazu kommen sieben Prozent Mehrwertsteuer. Geschäftsreisende, die an Vielflieger-Programmen wie Miles & More oder Qualiflyer teilnehmen, erhalten laut Lidia Wiszniewska Preisnachlässe von etwa 30 Prozent.

Kräftige Farben leuchten hinter der Glasfassade im Erdgeschoss: Rechts stehen Tresen der Satelliten-Rezeption, links können sich Gäste an der Lobbybar und im Bistro bei Snacks, Drinks und Pianoklängen entspannen. Das Hotel hat zwei Restaurants. Die Kellner servieren polnische und internationale Speisen. »Als Küchenchef suchen wir einen Skandinavier«, sagt Lidia Wiszniewska. Hoteldirektor Christian Gartmann, ein gebürtiger Schweizer, stellt zurzeit seine Mannschaft zusammen. Aus rund 1000 Bewerbungen sucht er 200 Mitarbeiterinnen und Mitarbeiter aus.

Im 5,50 Meter hohen Ballsaal auf der ersten Etage finden 350 Gäste Platz, wenn die Stühle wie im Theater stehen. Ein Boardroom und vier Konferenzräume schließen sich an den Ballsaal an. Abnehmen, Entspannen und Fitness-Training gehören zum Programm der World Class Health Academy. Mit Swimming- und Whirlpool, Sportgeräten, Sauna und Dampfbad nimmt dieser Fitness-Club 1200 Quadratmeter auf zwei von fünf Kelleretagen ein. Universale International aus Wien hat das Radisson SAS Hotel für polnisch-dänische Geldgeber gebaut und besorgt zum Beispiel auch die Möbel. »Radisson SAS wird nur als Managementfirma aktiv«, so Lidia Wiszniewska.

Anders sieht das beim neuen Westin Warsaw Hotel aus. Das Fünf-Sterne-Haus mit 366 Gästezimmern hat drei Eigentümer: Westins Muttergesellschaft Starwood Hotels & Resorts sowie das Architekturbüro Portman Development aus Atlanta (US-Bundesstaat Georgia) und den schwedischen Baukonzern Skanska. Maurer schrauben rötlich-graue Granitplatten an die Fassade, Betonbauer gießen die letzten Wände auf der 22. Etage: Anfang September 2002 soll der Rohbau des Westin Warsaw Hotels fertig sein. »Eröffnet wird das Hotel im Sommer 2003«, sagt PR-Managerin Katarzyna Gontarczyk.

Sandro Bohrmann mit 31 an der Spitze

Noch sitzt Sandro Bohrmann in einem blauen Bau-Container. Auf seinem Schreibtisch liegt ein weißer Schutzhelm. »Den muss ich anziehen, wenn ich nebenan in mein Hotel gehe«, sagt der 31-jährige Manager. Er spricht vom neuen Westin Warsaw, das zurzeit im Geschäftsviertel der polnischen Hauptstadt gebaut wird. Sandro Bohrmann leitet das Hotel. Im Juli 2003 soll er mit dessen Soft-opening beginnen. »Gut, dass ich in England die 80-Stunden-Woche kennen gelernt habe«, sagt der große schlanke Deutsche. Denn bis zur Eröffnung des Warschauer Fünf-Sterne-Domizils habe er wirklich alle Hände voll zu tun. »So eine Voreröffnungs-Phase im Hotel erlebt man selten. Da kann man wahnsinnig viele Erfahrungen sammeln«, erklärt Sandro Bohrmann. Genau das habe er gewollt, als er sich um die Position als Hoteldirektor in Polen beworben habe. Ein Schuss Abenteuerlust sei hinzugekommen: »Denn im Osten war ich vorher noch nie. Jetzt pauke ich sogar Polnisch – mit Hilfe von Tonband-Kassetten«, sagt Bohrmann. Da erweist es sich als hilfreich, dass er auf dem Gymnasium Latein, Englisch und Französisch gelernt hat. Nach dem Abitur in Aschaffenburg ging er nach Frankfurt am Main, absolvierte die Bergius-Schule in der Fachrichtung Hotelgewerbe.

Praxis, Praxis, Praxis: Im Sheraton Frankfurt Hotel hat Sandro Bohrmann den Berufsalltag des Hotelfachmanns in allen Facetten kennen gelernt. Was ihn besonders reizte? »Food & Beverage sind mein Spezialgebiet«, sagt er lächelnd. Weitere Erfahrungen hat Bohrmann in London gesammelt. Insgesamt acht Jahre war er für die Starwood-Hotelgruppe an der Themse tätig: im Sheraton Belgravia, im Sheraton Park Tower und zuletzt im Park Lane Hotel. In jenem luxuriösen Haus war er Resident Manager. Bohrmann. »Meine Auslandserfahrung hilft mir jetzt beim Einrichten des Westin Warsaw.« An der Weichsel kümmert sich Sandro Bohrmann zurzeit um die Inneneinrichtung des Westin-Hotels und um die

Anschaffung sogenannter Kleinigkeiten wie Bestecke und Bettdecken. »Dabei handelt es sich um mehr als 1700 Positionen für zusammen drei Millionen Euro«, so Bohrmann. Außerdem muss er in den kommenden Wochen seine Mannschaft einstellen – etwa 200 Personen. Er erwartet etwa 3000 Bewerbungen auf Grund von Anzeigen und Mundpropaganda. Wichtig sei ihm die Grundeinstellung der Bewerberinnen und Bewerber: »Sie sollen natürlich freundlich sein und Spaß daran haben, andere glücklich zu machen – alles andere bringe ich denen bei«, sagt Sandro Bohrmann.

Vor Ort sein, sich kümmern und eingreifen, wo es hakt – das ist ihm im Hotelalltag besonders wichtig. Deshalb will Sandro Bohrmann möglichst oft in der Lobby seines Westin Warsaw sein, um zu hören, zu sehen und zu spüren, was im Hause wirklich los ist. Neben seiner Hotelkarriere verwirklicht sich der Manager in diesem Jahr noch einen zweiten Traum: Im März heiratet er seine Freundin Susanne.

Im InterConti über den Wolken schwimmen

Unten brodelt der Großstadtverkehr. Hoch oben ziehen Wolken an der 43. Etage vorbei. Hinter deren Fenstern herrscht Urlaubsstimmung, dort schwimmen Gäste im glasklaren Pool des neuen InterContinental Warszawa. Das Fünf-Sterne-Haus bietet außerdem 75 Apartments für Langzeitgäste sowie 326 Hotelzimmer (ab 125 Euro inklusive Frühstück), elf Konferenzräume und drei Restaurants. »Wir haben Mitte November 2003 mit dem

Soft-opening begonnen«, sagt InterConti-Managerin Melania Kozyra. Das 156 Meter hohe Gebäude mit 45 Stockwerken ist Polens höchstes Hotel und steht mitten in Warschau. Der Zentralbahnhof liegt 200 Meter entfernt und bis zum Flughafen sind es acht Kilometer. In der Tiefgarage des Hotels können maximal 175 Autos parken.

»Als neuen Service auf dem polnischen Hotelmarkt haben wir 75 Apartments für Gäste, die länger als drei Wochen bleiben«, sagt General Manager Alex Kloszewski. Diese Residence Suiten sind 40 bis 84 Quadratmeter groß. Zur Ausstattung gehören eine voll eingerichtete Küche, ein oder zwei Schlafzimmer inklusive Schreibtisch und Internet-Anschluss sowie Bad und Gäste-WC. »Einkäufe für die Küche«, sagt Melania Kozyra, »erledigen unsere Mitarbeiter. Ebenso kümmern sie sich um die private Wäsche der Langzeitgäste.« Zusätzlich steht ihnen der Room Service 24 Stunden am Tag zur Verfügung. Pro Monat kosten Residence Suiten ab 2200 Euro.

Zimmerpalmen schmücken den Eingang des RiverView Wellness Centre. Es erstreckt sich auf der 43. und 44. Etage über insgesamt 1048 Quadratmeter. Die Weichsel und die Turmuhr am Kulturpalast sind von dort bei klarer Sicht gut zu erkennen. Hauptattraktion des River View Wellness Centre ist das 18 Meter lange und sechs Meter breite Schwimmbecken. Rund um die Uhr können die Gäste darüber hinaus im Fitnessraum trainieren oder sich in Sauna, Dampfbaderaum, Jacuzzi und Solarium entspannen. Schönheits- sowie Frisörsalon sind ebenfalls vorhanden.

»Alle unsere Ball- und Konferenzsäle sind schon bis zum Ende dieses Jahres ausgebucht«, sagt Melania Kozyra. Tageslicht erhellt sowohl den 438 Quadratmeter großen Ballsaal als auch die elf Konferenzräume (mit Platz für bis zu 490 Gäste). Die Räume sind mit Hochgeschwindigkeits-Internetanschlüssen, Digital-Projektoren und Videokonferenz-Technik ausgerüstet. Dolmetscher, Hostessen, Konferenztechniker und ähnliche Hilfskräfte stehen bereit. »Ebenso können die Hotelgäste unser Business Centre rund um die Uhr nutzen«, ergänzt Melania Kozyra. Insgesamt beschäftigt InterContinental in Warschau 210 Mitarbeiter.

Die Präsidentensuite ist mit 170 Quadratmeter das größte Gästezimmer des InterContinental Warszawa. Alle Zimmer haben Klimaanlage, zwei Telefonleitungen mit Breitband-Internetzugang sowie Voice Mail und interaktives Satelliten-Fernsehen. Bügeleisen samt Brett sowie Tee- und Kaffeemaschinen stehen diskret in Schränken. Ein Computer registriert, welche Getränkeflaschen aus der Minibar entnommen werden. Jedes Badezimmer hat eine Wanne sowie eine separate Duschkabine, außerdem Telefon und TV-Lautsprecher.

Chefkoch Frederic Breuil aus Frankreich dirigiert die Küchenmannschaft des Hotels, zu dem drei Restaurants und eine Bar gehören. Im Restaurant Downtown beginnt der Tag mit dem Frühstücks-Büffet, auf dem sogar japanische Leckerbissen liegen. Den ganzen Tag über und abends gibt es im Downtown Speisen, die für New Yorker Stadtbezirke wie Chinatown, Little Italy und das Polenviertel typisch sind. Im Restaurant Hemisphere hingegen servieren die Kellner tagsüber frische Sandwiches und Kaffee. Abends erklingt dort Jazzmusik. Im Restaurant Frida schließlich dinieren die Gäste zwischen meterhohen Kakteen und bunten Bildern der mexikanischen Malerin Frida Kahlo. Koch Enrique Solis wirbelt in der Show-Küche – und zaubert mexikanische Spezialitäten.

Kloster-Ambiente in ehemaliger US-Botschaft

Es kam anders als geplant. Das Warschauer Boutique-Hotel Le Régina sollte spätestens im Dezember 2003 eröffnet werden. Monatelang hatten Handwerker zuvor in der ehemaligen US-Botschaft am Rande der Altstadt geschuftet: die Kellerwände isoliert, Duschkabinen im Obergeschoss installiert und Querbalken aus dem Dachstuhl gesägt, um dort kleine Balkone einzufügen. Doch kurz vor Weihnachten entschieden sich die Manager des Eigentümers, der Orco Property Group, für eine aufwändige Überraschung: »Vor der Eröffnung errichten wir unterhalb des Innenhofs noch einen Konferenzraum. Er wird 160 Quadratmeter groß und bekommt eine Glaspyramide als Dach«, sagt Stefan Radstrom. Der 34-jährige General Manager des Boutique-Hotels stammt aus Südschweden.

Als Palast Andrassy wurde das Hotel auf einer Informationstafel an der Straße angekündigt. Doch tatsächlich wird es unter Le Régina firmieren – was Kenner verblüfft. Denn in korrektem Französisch müsste es La Régina heißen. Aber der Eigentümer hat sich bewusst für die unorthodoxe Variante entschieden. Eigentümer des Hotelgebäudes ist die Orco Property Group. »Hauptsitz des Unternehmens ist in Paris, aber registriert ist es in Luxemburg«, sagt Marzena Janiszewska, die Verkaufs- und Marketing-Direktorin.

Orco hat die ehemalige US-Botschaft für umgerechnet drei Millionen Euro gekauft, heißt es in Warschauer Hotelkreisen. Und schon vor dem Auftrag für den aufwändigen Konferenzsaal unter dem Innenhof wurde der Umbau zum Fünf-Sterne-Hotel mit mindestens zehn Millionen Euro beziffert. »Über die genauen Kosten geben wir keine Auskunft«, sagt Veroslav Machuta, der Orco-Repräsentant in Polen, und dabei lächelt er. Den Umbau hat das polnische Architekturbüro PRC Architekci geplant. Und die Firma CFE Polska führt die Bauarbeiten aus. Mehr als 1000 Interessenten haben sich um die etwa 50 Arbeitsplätze im Le Régina beworben.

Von der Architektur und dem Innenhof her ähnelt das Hotelgebäude einem Kloster. »Das Le Régina erhält auf drei Etagen 61 individuell gestaltete Zimmer, davon drei Suiten und 16 Einzelzimmer«, sagt General Manager Radstrom. Helle Steinplatten umrahmen die Zimmertüren aus massivem dunklem Holz. Sie wiegen 100 Kilogramm. Tageslicht fällt durch weiße Sprossenfenster mit doppelter Verglasung in die etwa 26 Quadratmeter großen Zimmer. Cremefarben sind die Wände, dunkelbraun die Möbel. Künstler haben Fresken gemalt: Äste mit Zweigen und Blättern. Vorhänge, Teppiche und Tagesdecken wurden aus beigen, braunen und grauen Naturstoffen gefertigt. Je nach Ausstattung der Zimmer reicht deren Rack-rate von 150 bis 800 Euro. »Einzelzimmer kosten ab 150 Euro, Doppelzimmer ab 220 und Suiten ab 350 Euro«, präzisiert Marzena Janiszewska.

Im Innenhof des Hotels wird im kommenden Sommer ein Springbrunnen plätschern – neben der Glaspyramide des unterirdischen Konferenzraums. Drumherum können die Gäste dann im Freien dinieren. Oder im angrenzenden Restaurant speisen. Das Restaurant erhält 40 Sitzplätze und stößt an die Eingangshalle, in der sich auch die Rezeption befindet. Treppen führen von beiden Stirnseiten der Halle in die Obergeschosse. Natürlich haben wir auch einen Aufzug, sagt Radstrom. Der Lift wird die Gäste sowohl zu ihren Zimmern als auch zu den drei Konferenzräumen und zum Fitness-Center im Keller bringen. Hinter drei runden Säulen ist dort das neun mal vier Meter große Schwimmbecken zu erkennen.

Das Le Régina gehört zur Vereinigung der Small Luxury Hotels of the World. »Unser Prospekt ist schon gedruckt«, sagt Radstrom. Er arbeitet mit dem Reservierungssystem Trust International zusammen. Das Soft-opening des Hotels soll nun im April, nach Ostern beginnen. »Für Mai und Juni liegen bereits Buchungen vor, sowohl von Gruppen als auch von Einzelreisenden«, sagt der General Manager. Die ersten Gäste kommen aus den USA, aus England, Deutschland und auch aus

Polen. Die verschobene Eröffnung bringe neben dem unterirdischen Konferenzraum auch einen praktischen Vorteil: »Wegen des Saisonstarts ist es doch viel leichter, im Frühling ein Hotel zu eröffnen als im Dezember«, sagt Radstrom.

Warschauer Hotels weltweit im Fernsehen

»Let's Warsaw Together« – so lautet der Titel eines Werbespots, den die BBC jetzt in ihrem weltweiten Fernsehprogramm ausstrahlt. Er zeigt die polnische Hauptstadt von ihren Schokoladenseiten: die wieder aufgebaute Altstadt, fröhliche junge Menschen, Parks und Schlösser, das Jazz Festival, Shopping Arkaden und die Oper. Die Idee und das Geld dazu stammt von der Werbegemeinschaft Warsaw Destination Alliance (WDA). »Mit diesen Kampagnen wollen wir Warschau als attraktiven Ort für Tagungen und Konferenzen weltweit bekannt machen«, sagt WDA-Mitglied Michel Schutzbach. Er leitet als General Manager das Radisson SAS Centrum Hotel in Warschau.

Gegen Ende des Jahres (2004) soll eine ähnliche Werbekampagne vom amerikanischen Nachrichten-Sender CNN weltweit ausgestrahlt werden. Insgesamt kosten die Fernsehkampagnen etwa 120.000 Euro. Umgerechnet rund 60.000 Euro hat die WDA in den ersten vier Monaten dieses Jahres zusammengebracht. 45 Mitglieder hat die WDA bereits, darunter elf Warschauer Spitzenhotels wie InterContinental, Radisson SAS und Westin. Außerdem gehören Fluggesellschaften wie die

Lufthansa zu den WDA-Mitgliedern, darüber hinaus Banken, Theater, Getränkehersteller und die Deutsch-Polnische Industrie- und Handelskammer. »Ende 2004 sollen es 60 Mitglieder sein«, sagt WDA-Managerin Joanna Blicharska..

Pro Gast überweisen die Mitgliederhotels der WDA einen Euro. An den Rezeptionen liegen Faltblätter aus. Sie informieren die Besucher über die Ziele der WDA. »Die allermeisten Gäste«, so heißt es in den Warschauer Spitzenhotels, »spenden freiwillig einen Euro für die Kampagne.« Außerdem bemüht sich die WDA um Fördermittel aus den Fonds der Europäischen Union. Hintergrund der WDA-Aktivitäten ist die Flaute auf dem Warschauer Hotelmarkt. Seit Monaten sinken die Auslastung der Hotels und die Zimmerpreise. Die Werbekampagnen der WDA sollen diesen Trend nun umkehren.

Schönheitskönigin eröffnet Urwaldhotel

Mitten im ostpolnischen Nationalpark Bialowieza-Urwald hat Kamila Rastenska, die amtierende Vize-Miss Polen, jetzt das Drei-Sterne-Hotel »Soplicowo« eröffnet (anno 2002). Das reetgedeckte Herrenhaus birgt auf vier Etagen 90 Betten in individuell ausgestatteten Zimmern, außerdem zwei Konferenzräume und eine Sauna. Nebenan steht das zweistöckige, ebenfalls Reet gedeckte Restaurant. Das gesamte Anwesen wurde in elf Monaten geplant und gebaut. »In Polen ist das ein Rekord«, sagt Hotelbesitzerin Alina Rastenska, die Mutter der Schönheitskönigin. Die Architektur des Hotels sei, so Mutter und Tochter, polnischen Herrenhäusern des 18. und 19. Jahrhunderts nachempfunden. Acht Holzsäulen tragen den doppelstöckigen Balkon über der Tür. Sprossenfenster und grüne Fensterläden ergänzen die weiße Fassade. »Das Reetdach kommt allerdings aus Deutschland«, so die Schönheitskönigin. Im Hof, rund um den Brunnen, blühen gelbe und blaue Stiefmütterchen. Der hauseigene Parkplatz werde ständig bewacht. Noch sind Bauarbeiter auf dem Gelände tätig. Sie bauen ein Schwimmbad. Spätestens im Juni soll es fertig sein.

Wie ein museales Wohnzimmer wirkt der Eingangsbereich des Hotels. Rötlich-braune Tapeten mit Goldmustern prägen den langgestreckten Raum. Rechts steht der Empfangstresen. Links glimmen Holzscheite im Kamin. Dazwischen hat Alina Rastenska zwei Polstergarnituren sowie zwei Tische mit Stühlen aufgestellt. Auch für Standuhr, Eichenschrank und Reisetruhe fand sie noch Platz. Holztreppen führen in die drei Obergeschosse, wo sich die Gästezimmer aneinander reihen. Sie sind zwischen 17 bis 30 Quadratmeter groß. Alle Räume haben handgearbeitete Möbel aus Holz und Metall, außerdem TV, Dusche und WC. Farblich unterscheiden sich Bettwäsche, Strukturtapeten und Teppichböden von Zimmer zu Zimmer. »Jedes Gästezimmer hat eine eigene Note«, sagt Schönheitskönigin Kamila.

Rund 20 Mitarbeiter kümmern sich um das Wohl der Gäste – im Hotel und im Restaurant. Dessen zwei Schankräume und das Café sind täglich geöffnet. »Von elf Uhr bis zum letzten Gast«, sagt Kellner Marcin Kuczynski. Er trägt wie seine Kollegen uniformartige Dienerkleidung aus einer längst vergangenen Epoche. Die Einrichtung des Restaurants ist rustikal: Schmiedeeiserne Laternen hängen an der Balkendecke. Schaffelle liegen als Sitzpolster auf den Bänken. Und auf den Tischen stehen Salz- und Pfefferstreuer, die aus Birkenholz geschnitzt sind.

Steaks vom Wisent zählen zu den landestypischen Spezialitäten des Hauses (mit Beilagen kostet eine Portion umgerechnet 14 Euro). »Von Zeit zu Zeit müssen Jäger einige Wisente erlegen, um den Bestand in unserer Region zu regulieren«, sagt die Schönheitskönigin. Es klingt ein bisschen wie eine Entschuldigung. Denn die bulligen Wildrinder sind neben Wölfen, Elchen und Wildpferden die größte Attraktion im Nationalpark Bialowieza-Urwald. In dessen Kernzonen hat seit mehr als 70 Jahren kein Mensch in die Natur eingegriffen. Tiere und Pflanzen leben im natürlichen Zyklus.

Enözels Landhotel im Eulengebirge

Anfangs hatten sie nur ein einziges altes Telefon. Wasser und Strom fielen oft aus. »Der Start war schwirig in Kamionki, dem früheren Steinkunzendorf im niederschlesischen Eulental«, sagt Frank Enözel. Der deutsche Hotelier hat dort mit seiner polnischen Frau Dorota das Hotel Sowia Dolina zwei Jahre lang von Grund auf erneuert. Dann hatten sie die größten Schwierigkeiten gemeistert und die ersten Stammgäste gewonnen. Jetzt, nach fünf Jahren, planen sie ein zweites Hotelgebäude auf ihrem 8800 Quadratmeter großen Grundstück. »Polen bietet ein großes Potenzial für das Gastgewerbe«, sagt Frank Enözel.

Die Enözels möchten in Zukunft auch Bus-Reisegruppen beherbergen. Da ihr Hotel bislang nur 16 Gästezimmer und zwei Konferenzräume besitzt, wollen sie im kommenden Jahr (2003) ein zweistöckiges Landhaus bauen. Vorgesehen sind 15 Doppelzimmer und 3 Apartments. Außerdem soll der Neubau einen 116 Quadratmeter großen Konferenzsaal sowie Kaminzimmer, Billardraum, Bar, Sauna und Fitness-Club bekommen. »Allein die Rohbaukosten veranschlagen wir auf etwa 650.000 Euro«, sagt Frank Enözel.

Eigentümer des Hotelgebäudes und des Grundstücks sind deutsche und polnische Privatinvestoren. Sie gründeten eine Immobilienfirma. Frank und Dorota Enözel haben Prokura für diese Firma, darüber hinaus besitzen sie für das Hotel Sowia Dolina einen langfristigen Pachtvertrag. Das Inventar gehört ihnen; Erträge investieren sie in das Gebäude und den Garten.

Gut 600 Meter über dem Meeresspiegel liegt das Anwesen an einem Hang. Die Hohe Eule, 1014 Meter hoch, und andere bewaldete Kuppen des Eulengebirges umgeben es. Liegestühle stehen auf der Wiese, Ahornbäume und Kiefern spenden Schatten. Abends brutzeln Steaks und Würste auf dem Grill im Feldstein-Tresen. »Manchmal schleicht nachts eine Hirschkuh bis an den Gartenzaun. Wir sehen dann ihre Augen funkeln«, sagt Frank Enözel.

Auf den Bergpfaden der Umgebung könne man stundenlang wandern, ohne Menschen zu begegnen. »Dafür kreuzen schon mal Hirsche, Wildschweine oder Mufflons den Weg.« Stoff für die Weltliteratur lieferten einige Nachbardörfer: Gerhard Hauptmann hat die Not der Dorfbewohner zu dem Drama »Die Weber« verdichtet.

Die Kirche des Nachbarorts Peterswaldau und ähnliche Motive sind auf Aquarellen von Waldemar Swierczak im Hotelflur zu sehen. Mäusebussard, Rodelschlitten und Holzski mit Lederbindung zieren die weißen Wände. Grüne Teppiche bedecken helle Holzdielen im Flur und in den Gästezimmern. Eingerichtet sind sie mit Kiefernmöbel, Telefon, Radiowecker und Fernsehapparat. Die Geräte empfangen deutsche und polnische Sender sowie CNN. Alle Zimmer haben Dusche und WC, und zu fast allen gehört ein Balkon.

Eulen aus Holz, Ton und Reisig blicken stumm von Regalen. Buchenholzscheite lagern aufgeschichtet neben dem gusseisernen Kaminofen. Im Kaminzimmer, dem Kernbereich des Restaurants, stehen vier Tische für 24 Gäste. Eine Glasflügeltür führt auf die Terrasse. Hinter zwei weiteren Türen finden sich der Frühstücksraum mit weißen Gardinen und fünf hellen Holztischen sowie ein Restaurant-Saal für maximal 70 Gäste. Die Bühne lässt sich auch als Tanzfläche nutzen oder sie dient, wenn eine Falttür zugezogen wird, als Tagungsraum.

Bigos, ein Krautgericht mit Fleisch und Pilzen für drei Euro und Steinkunzendorfer Schweinsbraten mit

Klößchen und Rotkraut für sechs Euro stehen auf der Speisekarte. Sie ist auf Deutsch, Polnisch und Englisch abgefasst und enthält fünf polnische Spezialitäten, acht Vorspeisen, zwei Suppen, vier Pasta- und neun Hauptgerichte, vier Fisch- und zwei vegetarische Speisen sowie drei Desserts. Die Getränkekarte des Hotels Sowia Dolina sei mit 18 Weiß- und 23 Rotweinen aus aller Welt sowie 17 Whisky- und 13 Wodkasorten eine der vollständigsten der Region, meint Frank Enözel. »Wein ist immer meine Leidenschaft gewesen«, so der 38-jährige Restaurantfachmann.

Weltweit hat er nach seiner Ausbildung im Schlosshotel Wilhelmshöhe in Kassel Erfahrungen gesammelt: auf Kreuzfahrtschiffen wie der Sea Goddess II und der Crystal Harmony und in Hotels wie dem Alexis in Zermatt und dem Jagdhof Glashütte im Siegerland. Ehefrau Dorota hat die Hotelfachschule in Wroclaw (Breslau) absolviert, bevor sie im Hotel Sowia Dolina anheuerte. Insgesamt arbeiten zwölf Personen in dem Haus. Für ihre Azubis würden die Enözels gerne ein Austauschprogramm organisieren. »Aber leider sprechen unsere polnischen Lehrlinge kaum Deutsch oder Englisch.«

Tagen und Relaxen vor Tatra-Gipfeln

Das Hotel ist gebaut, die Festrede geschrieben und der Champagner bereits kalt gestellt. Jetzt kann Polens Staatspräsident Alexander Kwasniewski zur offiziellen Eröffnung ins südpolnische Bergdorf Zakopane kommen. Am 16. Mai 2003 zerschneidet er dort das weiße

Band vor dem neuen Vier-Sterne-Hotel Belvedere. Das Resort- und Spa-Hotel hat 175 Zimmer (ab 132 Euro pro Nacht) und fünf Säle für Konferenzen. Die private Investorengruppe Tatra Club 2000 ließ sich das Projekt umgerechnet zwölf Millionen Euro kosten. Rund 100 Arbeitsplätze wurden dadurch geschaffen. Hinter dem Belvedere ragen die schroffen Felsen der Hohen Tatra auf.

Weiße Fassaden, große Fenster, viel helles Holz: Das Belvedere gruppiert sich um einen Innenhof und ist kaum höher als die Fichten, die im Vorgarten stehen. »Das Haus nimmt eine Fläche von 20.000 Quadratmeter ein, das gesamte Grundstück misst einen Hektar«, sagt Dariusz Bobinski. Der Besitzer einer Fischwaren- und Tiefkühlkostfabrik in Jurata bei Danzig ist einer der Hoteleigentümer. »Vor drei Jahren lasen wir in der Zeitung, dass das Gelände mit dem Bergarbeiter-Ferienheim zu verkaufen sei«, erzählt Bobinski. Er wertete das als Chance – und ergriff sie. Mit seiner Frau Barbara sowie der Zakopaner Reisebüro- und Hotelbesitzerin Malgorzata Chechlinska und dem Architekten Leszek Krzanik kaufte er das marode Gebäude. Von dem Altbau blieben nur die Fassaden stehen. Maurer gliederten sie geschickt in den größeren Neubau ein. Innerhalb eines halben Jahres verwirklichten Handwerker alle Ideen des Architekten Leszek Krzanik. »Da die Arbeiten schneller als geplant vollendet waren, konnten wir mit dem Soft-Opening bereits im Dezember 2002 beginnen«, sagt Hoteldirektorin Zofia Szczepaniak. In einem Wintersportort wie Zakopane sei so etwas ein

Glücksfall. Zu den ersten privaten Gästen des Hotels zählte Polens Regierungschef Leszek Miller, Profiboxer Dariusz Michalczewski und die populäre Sängerin Maryla Rodowicz.

»Wir rechnen mit bis zu 20 Prozent Individualgästen, vor allem an Silvester, in den Winterferien und am langen Mai-Wochenende. Die Mehrheit unserer Kunden werden aber Konferenz- und Tagungsgäste sein«, räumt Dariusz Bobinski ein. Im Belvedere finden sie einen großen und zwei teilbare klimatisierte Konferenzräume. Leinwand, Beamer und Flipchart sind ebenfalls vorhanden. »Im großen Saal können bis zu 350 Gäste auf Stühlen wie im Theater sitzen oder bis zu 230 an runden Tischen speisen«, sagt Hotelfachfrau Izabela Szlachetka. Auf dem Weg vom Konferenzraum zum Zimmer fällt den Gästen vor allem eines auf: die Vielzahl verschiedener Aussichten. So trennen Glaswände die weitläufige, von Tageslicht durchflutete Lobby samt Bar vom Pool-Bereich. Blau leuchtet das 25 Meter lange und sechs Meter breite Schwimmbecken. Im Jacuzzi nebenan sprudelt warmes Wasser; juchzend sausen Kinder eine gelbe Wasserrutsche runter. Die finnische und türkische Sauna sowie die Massageräume sind jedoch neugierigen Blicken entzogen. In die oberen Etagen des Hotels führen Treppen und zwei Aufzüge. Der gläserne Lift gleitet lautlos im Innenhof hoch. Schon nach wenigen Metern Fahrt sehen seine Passagiere die schroffen Tatra-Gipfel. Noch besser lassen sich die Berge von der windgeschützten Dachterrasse des Hotels aus bestaunen.

Panoramablicke eröffnet ebenso das kleine Dachrestaurant »Pod Aniolem« (Zum Engel). Möbel, Fußboden und die schräge Zimmerdecke – im Engel-Restaurant ist alles aus hellem Holz. Und Küchenchef Grzegorz Lelek hat sogar schon für Papst Johannes Paul II. gekocht, als dieser Krakau besuchte. Chef Lelek und seine 25 Mitarbeiter kochen auch für die beiden anderen Restaurants des Hotels Belvedere: das »Wieniawa« mit 140 Plätzen und das exklusive »Ziemianska« mit 50 Plätzen. Auf den Speisekarten finden sich Spezialitäten wie dünne Scheiben vom Wildschwein auf Kopfsalat für acht Euro pro Portion und gegrillte Forelle aus dem Bergbach mit Kräutern und Gemüse für sieben Euro. Eine beachtliche Auswahl an Schoko- und Sahnetörtchen bietet das Café »Wiedenska« im Erdgeschoss des Hotels.

»Ab in den Fitnessraum«, sollte es nach all den kulinarischen Genüssen heißen. Laufband, Stepper, Fahrrad – im Keller des Belvederes stehen zwölf Kraftmaschinen. Außerdem sind ein Squash Court, zwei Bowlingbahnen und ein Billardraum vorhanden. »Anschließend schläft jeder gut«, meint Hoteldirektorin Zofia Szczepaniak. Die 149 Standardzimmer sind jeweils mit einem Doppel- und einem Einzelbett eingerichtet. »Damit Eltern ihr Kind mitbringen können«, sagt die Direktorin. Bad, Telefon, Radio, Pay-TV, Minibar und ein Safe im Kleiderschrank gehören ebenfalls zur Ausstattung. Die Zimmertüren lassen sich nur mit einer Key Card öffnen. Alle 26 Suiten haben darüber hinaus Sitzwannen, Bidets und einen Fön im Bad. Suiten-Wohnzimmer sind mit dunkelblauem Teppichboden ausgelegt, besitzen Sitzgarnituren und dreiflügelige Schränke aus dunklem Holz. Außerdem bieten sie große Wandspiegel, große Fernsehapparate – und großartige Aussichten auf die Tatra-Gipfel.

Reiseziele

Hinterm Oderdeich geht's weiter

Rückenwind. Röhricht raschelt. Alleebäume gleiten vorüber. Dann steigt die Straße an – nach Drzecin (Trettin). Rote Ziegeldächer leuchten vorm Kiefernwald. Zurückschalten, kräftiger in die Pedale treten. Störche klappern auf einem Scheunendach. Das Land wird weit und hügelig. In Zabice meckert eine Ziege, sie ist am Hydrant festgebunden. An der Bushaltestelle nebenan klönen Frauen in Kittelschürzen. Der Kiosk hat Waschpulver und Schokoriegel im Fenster. Davor stehen gelbe Limoflaschen. Das Kalkül der Händlerin geht auf: Immer wieder halten durstige Radler an und machen eine Pause auf ihrem Weg von Frankfurt (Oder) nach Stettin. Die 215 Kilometer lange Fahrradroute zwischen Frankfurt (Oder) und Stettin heißt Deutsch-Polnischer Freundschaftsweg. Meistens führt die Route über Nebenstraßen mit wenig Autoverkehr – teils auf der polnischen, teils auf der deutschen Seite der Oder. An der Strecke liegt die frühere Neumark. Dort finden sich Naturschutzgebiete und Dörfer, in denen die Zeit stehen geblieben zu sein scheint (anno 2003). Weitere Etappenziele sind das gigantische Schiffshebewerk bei Niederfinow, das ehemalige Zisterzienserkloster Chorin und der Nationalpark Unteres Odertal, eine der letzten unverbauten Flusslandschaften Mitteleuropas.

Schilfhalme, die aus dem Wasser wachsen, dazwischen hohe Bäume: Solch einen Auenwald zeigen zwei Gemälde im Hotel Korona in Slubice. »Radler müssen kräftig frühstücken«, sagt Andrzej Makowski. Der breitschultrige Wirt mit dem grauen Stoppelhaar tischt Rührei, Schinken und Käse auf. Radwanderer übernachten häufig in dem 20-Betten-Hotel am Rand von Slubice. Der Ort liegt am östlichen Oderufer, eine Brücke verbindet ihn mit Frankfurt. In Slubices Fußgängerzone, gleich hinter der Brücke, haben sich Wechselstuben, Zigarettenläden und Frisöre (»Dauerwelle 18 Euro«) eingerichtet. Stuckfassaden zieren die alten Häuser. Taxis und Busse warten auf Besucher, die zum Basar, dem Polenmarkt wollen. Der Radweg folgt dem Fluss, führt geradewegs zu den Auenwäldern. Vögel zwitschern, die Fahrradkette surrt, sonst herrscht Stille. Strahlend weiß blüht der Schlehdorn am steilen Uferhang. Bis zu 45 Meter ragt der Rand des Odertals beim Dorf Owczary (Ötscher) auf. Wilder Thymian, Nelken und Trockenrasen wachsen dort – alles Pflanzen, die typisch für die Steppe sind. In der Neumark siedelten sie sich auf Rodungsflächen an, die stetig abgeweidet werden. Damit das so bleibt, lässt der Lubuski Naturschutzverband bei Owczary eine Herde kleiner, scheuer Heideschafe grasen. Die Naturschützer haben dort 18 Hektar Wiesenland gekauft und unter Schutz gestellt. Außerdem haben sie auf ihrem Stationsgelände Polens einziges Wiesenmuseum, das Muzeum Laki eingerichtet. Die Info-Texte sind auch auf Deutsch geschrieben.

Ulmen, Weiden und Pappeln umgeben die Wiesen und Gewässer des Warthedeltas, dort sprießen weiße und gelbe Seerosen und Sumpfdotterblumen. Naturschützer haben in dem regelmäßig überfluteten Gebiet 245 Vogelarten gezählt, darunter so seltene wie Austernfischer, Wachtelkönig und Uferschnepfe. Im Wasser schwimmen Brachsen, Plötzen und Steinbeißer, außerdem tummeln sich Fischotter und Biber darin. Als Nationalpark Warthemündung ist das 8000 Hektar große Delta seit Juli 2001 geschützt. Das Wiesenland entstand erst vor etwa 240 Jahren. Damals ließ König Friedrich der Große dort Auenwälder roden und Hochwasserdeiche und Kanäle anlegen. Schöne Aussichten auf das Warthedelta bietet ein verglaster Aussichtsturm. Er steht neben der Nationalpark-Verwaltung in Chyrzyno am Rande von Kostrzyn (Küstrin). Im Zentrum der ehemaligen Festungsstadt, etwa 200 Meter vom Bahnhof entfernt, hat der Lubuski-Naturschutzverband ein Auskunfts-Büro und Museum eingerichtet. Täglich außer montags ist es geöffnet. »Wir geben einen Überblick über die Tier- und Pflanzenwelt der Region und wir informieren über Umweltprojekte«, sagt Ireneusz Raff. Außerdem verleiht er Fahrräder für zehn Zloty (etwa 2,50 Euro) pro Tag.

Auf den ersten Blick wirkt Kostrzyn überaus grün, überall erstrecken sich Parkanlagen. Doch darunter stecken Keller von Bürgerhäusern, Reste von Bastionen und die Schlossgewölbe, in denen Fledermäuse überwintern. Denn niemand hat die verwüstete Altstadt nach dem Zweiten Weltkrieg wieder aufgebaut. Allerdings werden seit 1994 die ehemaligen Straßenzüge und die Fundamente von Stadtschloss, Marienkirche und Festungsanlagen beschriftet. Erhalten geblieben ist der Bahnhof, ein Backsteingebäude, vor dem die Züge aus Berlin ankommen. Von dort ist es nur ein kurzer Spaziergang zur Bar »Ranczo«, wo ein Schweinekotelett mit Kartoffeln und Salat 9,50 Zloty (etwa 2,30 Euro) kostet. Gut gestärkt geht's weiter, vorbei an zartem Grün von Birken, durch Kiefernwälder und über flaches Feld- und Wiesenland. Erst vor Mieszkowice (Bärwalde) wird's wieder hügelig. Eine turmbewehrte Mauer umgibt das Ackerbürgerstädtchen. Fachwerkhäuser, häufig verputzt, reihen sich an gepflasterten Straßen. Am Marktplatz haben Störche ihr Nest gebaut. Mitten auf dem Platz wacht Herzog Mieszko I, der die Siedlung im 10. Jahrhundert gegründet haben soll. Mit seiner Taufe besiegelte er die Bekehrung der Polen zum Christentum. Wenn Herzog Mieszko sich heute umschaut, sieht er sechs Lebensmittelläden, dazu ein Postamt und eine Polizeiwache – aber kein einziges Café oder Restaurant. Wer sich stärken will, muss weiterradeln.

Das Riesengebirge blüht wieder auf

Rötlich-weiß blühen die knorrigen Apfelbäume am Straßenrand. Bienen summen um hellblaue Bienenkästen und Lämmer zupfen zarte Gräser. In engen Kurven windet sich die Straße durch das hügelige Land, vorbei an Bächen und Teichen. Dunkle Wälder krönen die Berge. Grünspan bedeckt die Hauben der Kirchtürme. In den Dörfern südwestlich von Jelenia Gora (Hirschberg) liegen Bretterstapel vor kleinen Tischler-Werkstätten. Ein Hund döst vor einem Bauernhaus. Ein Storch klappert im Nest. Und am Horizont, auf den abgerundeten Gipfeln des Riesengebirges, glitzert noch Schnee. »Der Frühling kommt in diesem Jahr recht spät ins Riesengebirge. Wir hatten viel Schnee«, bestätigt Agnieszka Kuliczkowska von der Touristen-Information (anno

2003). Tatsächlich herrscht im 40 Kilometer langen und 25 Kilometer breiten Riesengebirge ein Klima wie im Hochgebirge. Die Waldgrenze verläuft in 1250 Meter Höhe. Darüber wächst nur noch kniehohes Gestrüpp, dort erstrecken sich Tundra-Landschaften mit Mooren und Wiesen wie in Skandinavien. Markierte Wanderwege führen die Hänge entlang – und hinauf zu den Granitgipfeln. Bei guter Fernsicht kann man bis nach Prag und Wroclaw (Breslau) schauen.

Über die Bergwiesen streifen Wanderer und Kräutersammler. Hin und wieder schwebt ein Gleitschirm-Sportler ins Tal. Mountainbiker preschen auf Schotterpisten vorüber. »Wir haben zwölf Fahrradrouten ausgeschildert«, sagt Agnieszka Kuliczkowska. »Die Etappen sind acht bis 50 Kilometer lang.« Urlaubsgäste können Mountainbikes in den Bergdörfern mieten. Private Verleihstationen berechnen dafür etwa sechs Euro pro Tag. Das größte Mountainbiker-Treffen Osteuropas, das Bike Action Festival, findet immer im August im Riesengebirge statt.

Sport in den Bergen, Relaxen in den Dörfern: Der größte Ferienort der Region heißt Karpacz (Krummhübel). Eine steile, gut ausgebaute Straße windet sich durch das Zentrum. Die alten Häuser haben Holzgiebel und verglaste Balkone. Rechts steht die Kirche mit Zwiebelturm. Links prangt ein grüner Reklame-Frosch an einem Lebensmittelladen, der täglich von sechs bis 23 Uhr geöffnet ist. Dazwischen drängen sich die Pizzerias »Mandragora« und »Diabolo«, es gibt Läden mit Trekking-

Ausrüstungen, Bankautomaten und eine Buchhandlung. Auf der Caféhaus-Terrasse löffeln junge Pärchen Eis aus Glaskelchen. Die Bar »Valentino« offeriert Tagesgerichte ab 2,50 Euro. Der Rasen unter der Gerichtslinde in Karpacz ist gestutzt und fein säuberlich geharkt. Der dicke alte Baum stand schon da, als die ersten Reisenden ins Riesengebirge kamen. Das war vor mehr als 150 Jahren, wie das Karpaczer Tourismusmuseum zeigt. Das Blockhaus steht nur wenige Schritte von der alten Linde entfernt, herzförmige Öffnungen und bunte Blumenmotive zieren die Fensterläden. Ein kurzer Spaziergang führt weiter zur Sommer-Rodelbahn. Lautes Juchzen: 1060 Meter lang ist die Abfahrt. Durch 14 Kurven flitzen die Schlitten auf Rädern. Sie schaffen Tempo 35.

Gemächlicher lassen es Wanderer angehen, die in Karpacz zur Schneekoppe (Sniezka) starten. Sie müssen etwa 900 Meter Höhenunterschied überwinden. Mit 1603 Meter ist die Schneekoppe der höchste Berg des Riesengebirges und der gesamten Sudeten. Auf dem Gipfel thront ein Ufo-ähnliches Gebäude aus drei übereinander gestapelten und rundum verglasten Ringen. Darin finden Wanderer ein Restaurant, eine Wetterstation und die Bergwacht. »Wo bin ich – etwa in Norwegen?« Das fragt sich so mancher Wanderer, der zwischen Schneekoppe und Karpacz an der Stabkirche Wang vorbeikommt. »Ja, diese Holzkirche wurde vor 800 Jahren in Südnorwegen errichtet«, erzählt der Guide. 1844 ließ der preußische König Friedrich Wilhelm IV. sie ins Riesengebirge bringen – als Geschenk für die dortige evangelische Gemeinde. Sonnenstrahlen dringen durch die kleinen

Fenster in das helle Kirchenschiff. Acht Sitzreihen gibt es. Schnitzerein schmücken Türrahmen und Holzsäulen. Im Sommer finden dort sonntags um neun Uhr Gottesdienste in deutscher Sprache statt.

Geschnitzte Geisterköpfe hinter Gartenzäunen, ein tosender Wildbach und Fachwerkhäuser mit Türmchen: Im Gebirgsort Szklarska Poreba (Schreiberhau) erholten sich im vorigen Jahrhundert viele Künstler, so auch der Dichter und Nobelpreisträger Gerhart Hauptmann. Sein Haus ist jetzt Museum. Ein Zitronenfalter flattert zwischen den Granitblöcken, die der Künstler Zbigniew Fraczkiewicz im Kreis aufgestellt hat. Hähne krähen. Am östlichen Rand von Szklarska Poreba rauscht der 15 Meter hohe Szklarki-Wasserfall; im Westen steht das einzige Vier-Sterne-Hotel des Riesengebirges, das Hotel »Bornit«. »Wir richten im Frühjahr drei Internet-Arbeitsplätze für unsere Gäste ein. Außerdem stellen wir ein Blockhaus für Grillabende auf«, kündigt Hoteldirektor Adam Pruszkowski an. Das »Bornit«, ein achtstöckiges Gebäude mit getönter Glasfassade, hat 82 Zimmer und fünf Konferenzräume. Über dem Innenhof mit Bar und Bowlingbahn wölbt sich ein Glasdach. Hotelgäste können sich im Fitnessraum entspannen oder den Bergblick vom 25 Meter langen Schwimmbecken aus genießen – oder von der Dachterrasse. Doch die allerschönsten Panoramablicke auf das Riesengebirge bietet die Bahnfahrt von Szklarska Poreba nach Jelenia Gora: Eine Stunde lang windet sich der Zug an Berghängen entlang, mal an Granitblöcken und Fichtenwäldern, mal an abgebrannten Wiesen vorbei, während die Sonne langsam hinter den Bergkuppen versinkt.

Biber, Bär und hohe Berge

Der Braunbär hatte Hunger. Er roch den Honig, den Wildbienen in der einsamen Holzkirche von Smolnik aufbewahrten. Deshalb riss er die Schindelwand der Kirche ein, danach plünderte er den Bienenstock. »Als wir das Loch entdeckten, dachten wir zuerst an Einbrecher«, sagt Ranger Krzysztof Krysta. Dann deutet der schlanke Mann mit dem Kurzhaarschnitt auf Kratzspuren an der Holzfassade: »Sobald wir jedoch diese Kratzer entdeckt hatten, war uns alles klar.« Solche Überraschungen kommen schon mal vor im abgeschiedenen Berg- und Waldland zwischen den östlichen Beskiden und dem Bieszczady-Nationalpark im äußersten Südosten Polens. »Hier leben 50 bis 70 Braunbären«, sagt der Biologe Grzegorz Sitko im Info-Zentrum des Nationalparks in Lutowiska (anno 2004). Knisternd brennen Buchenholzscheite im offenen Kamin, geschnitzte Geisterköpfe grinsen schelmisch von der Wand. Sitko erklärt Besuchern die Tier- und Pflanzenwelt der Region. »Wir haben hier außerdem etwa 300 Wölfe sowie Wisente und Biber. Der Luchs ist das Symboltier des Parks.« Grzegorz Sitko betont, dass die wilden Tiere vor dem Menschen fliehen. »Typisch für Bieszczady«, so ergänzt er, »sind die weiten Bergwiesen oberhalb der Baumgrenze. Wir nennen sie Polonina.« Eine Gegend, wo der Wind fast ständig bläst und der Frost bereits in den Herbstnächten kommt. Ein bis zwei Meter Schnee bedecken oft schon im November die Bieszczady-Hänge. Dann steigen Wintersportler auf ihre Langlaufski und gleiten am Rande des Nationalparks über markierte und zum Teil gewalzte Mountainbike-Pfade. Andere folgen einem ortskundigen

Leiter und stapfen auf Schneeschuhen am Ufer des San-Flusses entlang. »Gute Kondition ist in dem bergigen Gelände wichtig«, sagt Sitko. Die Schneeschuh-Wanderungen mit maximal acht Teilnehmern dauern vier bis sechs Stunden. Unterdessen drehen sich in Bergdörfern wie Ustrzyki Górne die Skilifte. Und in Wolosate im südöstlichsten Winkel von Polen ziehen Pferde schnaubend Schlitten, in denen Touristen sitzen.

Klein, ruhig und verschmust: »So sind unsere Huzulenpferde«, sagt Marek Ostrowski, der Chef des staatlichen Gestüts in Wolosate. Die Huzulenpferde stammen aus der Region, waren aber fast ausgestorben. Seit 1993 bemühen sich Ostrowski und vier Mitarbeiter um die Zucht. Inzwischen grast eine Herde von 70 Tieren nahe der Reithalle von Wolosate. Auch Wintertage verbringen sie im Freien. Selbst unter dickem Schnee finden sie noch Grashalme. »Außerdem bewegen sie sich sehr trittsicher auf schwierigem Gelände«, sagt Ostrowski. Urlauber satteln deswegen Huzulenpferde gerne für Ausritte im Bieszczady-Nationalpark. Es gibt dort 150 Kilometer Reitwege. »Wir reiten hier auch querfeldein«, sagt Ranger Krzysztof Krysta, der einen olivgrünen Uniformpullover trägt. Auf der linken Brustseite steht »Nationalpark-Wacht«. In seiner Freizeit leitet Krysta einwöchige Wanderritte im Nationalpark. Unterwegs begegnet man stundenlang keiner Menschenseele, denn die winzigen Siedlungen liegen kilometerweit voneinander entfernt. »Als ich 1980 nach Wolosate kam, erhielt ich ein Dienstpferd. Ein Auto hatte ich nicht«, erinnert sich der Ranger. In seiner Jugend las er Abenteuerromane von Ernest Hemingway und Jack London. In Warschau hat er Jagdwirtschaft studiert. Nach der Wende lernte Krzysztof Krysta zusätzlich die Marktwirtschaft: »Als Gemüseverkäufer auf dem Markt in Heide in Holstein«, erzählt er auf Deutsch.

Mal rauschend, mal glucksend rieselt der San-Fluss durch sein flaches, steiniges Bett. Weiße Eisränder säumen die Ufer, Raureif bedeckt Büsche und Bäume. Auf den Eisschollen sonnen sich Stockenten. »Der Fluss hat Trinkwasserqualität – dank biologischer Kläranlagen«, sagt der Ranger. Dann lenkt er den Geländewagen auf einen Waldweg. Holpernd geht es bergan. Zunächst durch Laubwald, dann über weite Almen. »Hier gedeihen kaum Nadelbäume. Das liegt an den trockenen Winden, die aus der ungarischen Puszta herüberwehen«, sagt Krzysztof Krysta. Tafeln mit englischen und polnischen Texten informieren über Sehenswürdigkeiten am Wegesrand. Immer zu sehen ist bei klarem Wetter die kahle Kuppe der Tarnica, mit 1346 Meter die höchste Erhebung im Bieszczady-Gebirge. Schleifspuren im Gras. Holzspäne. Und Birkenstümpfe, die wie angespitzte Bleistifte aus der Erde ragen: »Das waren Biber«, sagt der Ranger und lacht. Die pelzigen Nagetiere, die ausgewachsen bis zu 20 Kilogramm wiegen, fällen nachts alte Bäume und ziehen sie in die Bäche. So haben sie bei Wolosate drei Dämme errichtet. Etwa 1,50 Meter ragen die Stauwerke auf. An jedem Teich dahinter wölbt sich ein Haufen aus Zweigen und Schlamm: die Biberburg, in der eine Biberfamilie wohnt. Biber ernähren sich von Baumrinde. Winterschlaf halten sie nicht. »Im Bieszczady-Nationalpark«, sagt der Ranger, »leben mehr als 100 Biberfamilien. Das ist gut für die Artenvielfalt.«

Mitten im welligen Wiesenland des Nationalparks fallen vereinzelte Wäldchen auf. In den hohen alten Bäumen wispert der Wind. Darunter finden sich bemooste Grabsteine – mal mit hebräischen, mal mit ukrainischen oder polnischen Inschriften. Es sind die stummen Zeugen von längst verschwundenen Gemeinden. Die Häuser, Kirchen und Synagogen wurden im Zweiten Weltkrieg und in den Wirren danach abgebrannt. Später wurde die Region zum Jagdrevier der Ostblock-Herrscher. »Breschnew erlegte hier einen Bären«, erinnert sich der Ranger. Die Jagdhütte des einstigen Kreml-Herrn steht im Ferienort Muczne. Jetzt sitzen dort manchmal Urlauber vor dem Kamin, neben dem ein Wisentkopf und ein Hirschgeweih hängen.

Polens Tataren beten in Holzmoscheen
Fern im Osten Polens, an der weißrussischen Grenze, leben sie seit Jahrhunderten: die Tataren. Sie kamen mit der Goldenen Horde ins Land. Obwohl ihre Nachbarn Orthodoxe und Katholiken sind, blieben die Tataren ihrem muslimischen Glauben treu. Trotzdem haben sie sich in die polnische Gesellschaft integriert. Tomasz Miskiewicz zieht seine hellbraunen Halbschuhe aus. Dann betritt der korpulente Mann mit den schwarzen Haaren im ostpolnischen Bialystok ein denkmalgeschütztes rotes Holzhaus. Es steht inmitten von Plattenbauten. Der Innenraum wirkt auf den ersten Blick wie ein Wohnzim-

mer. Weiße Gardinen hängen vor den Fenstern, grüne Teppiche bedecken den Fußboden und eingerahmte Koranverse in arabischer Schrift zieren die Wände. Die Möblierung ist karg: eine Kanzel und ein Bücherbord, ein Tisch und fünf Stühle. »Freitagsmittags beten hier immer etwa 30 Gläubige, in der Mehrzahl Frauen«, erzählt Miskiewicz, der Vorsitzende der muslimischen Religionsgemeinschaft in Polen. An islamischen Feiertagen kommen jedoch 150 und mehr Gläubige, die gar nicht alle in den Betraum reinpassen. »Dann knien sie auch im Garten zum Gebet nieder«, sagt der 29-Jährige, der sieben Jahre lang im saudi-arabischen Medina den Koran studiert hat. Der Imam (Vorbeter) ist seit einem Jahr auch Mufti, höchster Entscheider in islamischen Rechtsfragen in Polen. »Den Terror der Islamisten lehnen wir polnischen Tataren strikt ab«, betont Mufti Miskiewicz.

In Polen leben 35.000 Muslime, darunter 5000 Tataren. Letztere siedeln vor allem im Nordosten des Landes, in Bialystok und in der zugehörigen Woiwodschaft (Provinz) Podlasien. »Vor der Wende hatten die Tataren meistens drei Kinder. Aber wegen des Kapitalismus kriegen sie jetzt weniger«, sagt Miskiewicz. In dieser Hinsicht unterscheiden sich die Tataren nicht von den Polen, denen sie sich im Laufe der Jahrhunderte weitgehend angepasst haben – außer in Glaubensfragen. Ihr Tatarisch gaben sie schon vor langer Zeit auf. Stattdessen haben sie die Landessprache Polnisch angenommen. »Diese Assimilierung könnte ein Vorbild für muslimische Einwanderer in anderen Ländern sein«, meint Miskiewicz. Mit den katholischen und orthodoxen Nachbarn kommen die muslimischen Tataren gut klar. »Von den Medien fühlen wir uns aber gebrandmarkt – es schleppt doch nicht jeder Muslim eine Bombe im Rucksack mit sich herum«, kritisiert Miskiewicz. Außerdem komme der polnische Staat nicht seiner gesetzlichen Verantwortung für die muslimische Religionsgemeinschaft nach. »Das Kulturministerium überweist einfach nicht die Unterstützung für unsere Verwaltungsarbeit«, beklagt sich Miskiewicz. Er erinnert an den polnischen König Jan III. Sobieski. Als der seine tatarischen Soldaten nicht mehr bezahlen konnte, schenkte er ihnen ein paar Dörfer im Wald- und Heideland des polnischen Ostens.

Wellig ist das Gelände dort an der weißrussischen Grenze; Wälder bedecken die Höhenrücken, Birken säumen die Landstraße. Auf den Feldern sieht man Familien, die gebückt Kartoffeln ernten. Dörfer gibt es in der einsamen Region nur wenige; sie liegen kilometerweit auseinander. Bohoniki ist so ein Ort: eine gepflasterte Straße, ein paar Häuser mit Gärten, und eine grüne Holzmoschee. Der goldene Halbmond auf ihrem Zwiebelturm glitzert in der Herbstsonne. Bohoniki ist ein Tatarendorf, wie auch das etwa 40 Kilometer weiter südlich gelegene Kruszyniany. Die dortige Holzmoschee hat sogar drei Kuppeln. Auf jeder steckt ein Halbmond. Adam Iljasiewicz lässt nicht locker. »Kommen Sie, ich zeige Ihnen die Moschee. Das kostet nichts«, sagt der stämmige schwarzhaarige Mann in Kruszyniany. Er schaltet alle Lampen an, zieht jeden Teppich zurecht: »Hübsch, nicht wahr?« Ohne eine Antwort abzuwarten, erzählt er von der aufwändigen Renovierung der Moschee und dass er in Mekka, in Saudi-Arabien war, also ein Hadschi ist. Pan Adam führt Besucher auch stets zu einem nahen Kiefernwäldchen. Tausende von Grabsteinen stehen dort in Reih und Glied, die ältesten sind von 1679. Einige haben kyrillische Inschriften, andere lateinische, aber alle tragen auch einen Satz in arabischer Schrift. »Auf dem Friedhof von Kruszyniany werden Tataren aus ganz Polen bestattet«, sagt Pan Adam.

»Auf dem Friedhof und in den Moscheen trafen wir uns auch in der kommunistischen Zeit«, erinnert sich Dzenneta Bogdanowicz. »Die Religion schweißte uns zusammen.« Die Tatarin im Jeansanzug, die einen kleinen goldenen Halbmond an ihrer Halskette trägt, arbeitet in der Verwaltung des Landschaftsparks »Knyszynska Urwald«. Polnische Tatarinnen, so erklärt sie, trugen noch nie Kopftücher, nur in der Moschee. Wie sich muslimische Frauen bekleiden, hänge von der Auslegung des Korans ab. »Wir Tataren stammen aus Asien und nicht aus Arabien. Unser Islam ist an dieses Land angepasst«, erklärt die energische kleine Frau. Dzenneta und ihr Mann Emir Miroslaw Bogdanowicz haben drei Töchter. Die älteste, die 22-jährige Dzemila, studiert Politikwissenschaft in Olsztyn (Allenstein). Im Sommer führt sie in Kruszyniany die rustikale Ferienpension ihrer Mutter. Dzemila kocht und backt gerne tatarische Spezialitäten, wie zum Beispiel die »Kibiny« genannten Blätterteigrollen. Sie sind mit Hackfleisch und Kohl gefüllt und werden heiß serviert. Dzemila hat sich bei Kochwettbewerben schon einen Namen gemacht – wie Urkunden in der heimischen Gaststube bezeugen. Aber ob sie nach dem

Examen in die Politik oder ins Gastgewerbe einsteigt, hat die junge Tatarin noch nicht entschieden.

Mit dem Zweimaster auf Angeltour

Morgengrauen am Meer. Im Hafen von Kolobrzeg an der polnischen Ostseeküste schreien die Möwen, sie kreisen über weißen Jachten. Es ist sechs Uhr früh. Auf der »Ark« wirft Skipper Zbyszek Bobinski den Schiffsdiesel an. Wenig später gleitet der knapp 20 Meter lange Zweimaster auf die Ostsee hinaus. Nebelschleier wabern über dem Wasser. Sanfte Wellen klatschen gegen den grünen, hölzernen Schiffsrumpf. Piotr Blad sitzt an der Reling. Routiniert schraubt er seine Angel zusammen und sucht den passenden Köder aus. Dann beginnt für den Schlosser aus Stettin und für weitere acht Männer an Bord das Warten. Warten, bis der Skipper in die rote Tröte bläst: das Startzeichen zum Angeln. »Hochsee-Angeltouren veranstalten wir das ganze Jahr über«, sagt Wojciech Dubois, der Chef von Ark-Charter im Seebad Kolobrzeg (im Sommer 2005). Entscheidend sei das Wetter. Höchstens Windstärke vier mutet er seinen Gästen zu. Bläst der Wind stärker, legt seine Zweimast-Ketsch »Ark« nur auf ausdrücklichen Kundenwunsch ab. Tages-Törns mit dem Segelboot dauern acht bis neun Stunden. Sie führen so weit auf die Ostsee hinaus, dass das Land nicht mehr zu sehen ist. Auf hoher See orientiert sich der Skipper Zbyszek Bobinski mit Hilfe eines etwa handygroßen Satellitennavigationsgerätes. Außerdem hilft ihm ein Echolot dabei, Fischschwärme aufzuspüren. Die Angler wollten am liebsten Dorsche fangen, berichtet Bobinski, aber auch Schollen und Heringe bissen in der Ostsee gerne an.

Kurze braune Locken, ein wettergegerbtes Gesicht: Zbyszek Bobinski fährt seit 35 Jahren zur See. Vor vier Jahren hat er auf der »Ark« angeheuert. 1956 gebaut und in den 1980-er Jahren modernisiert, besitzt die Gaffelketsch insgesamt 110 Quadratmeter Segel und zur Sicherheit einen 100 PS starken Schiffsdiesel. »Siebenmal bin ich schon über den Atlantik nach Amerika gesegelt. Die Karibik kenne ich genauso wie das Schwarze Meer«, sagt Bobinski. Der durchtrainierte 61-Jährige steuert die »Ark« auch auf vier- und fünftägigen Segeltouren rund um Bornholm. »Manche Gäste wollen einfach nur Seeluft schnuppern«, erzählt Bobinski. Andere tauchten nach Wracks. Oder sie wollten angeln. Was der Skipper plötzlich auf dem Bildschirm des Echolots sieht, ähnelt einem Spiralnebel. »Ein Fischschwarm. Das Meer ist hier 18,9 Meter tief«, erklärt Zbyszek Bobinski. Rasch greift er zur roten Tröte, die neben dem großen hölzernen Steuerrad steht. Bobinski bläst ein kurzes Signal. Die eben noch dösenden Passagiere werfen ihre Angeln aus. Es dauert nur wenige Sekunden, bis Piotr Blad den ersten Dorsch aus dem Wasser zieht. »Der wiegt 2,5 Kilo«, schätzt Blad. Alle anderen Gäste haben ähnliches Glück. Nach zehn Minuten ertönt erneut die Tröte: Schluss mit der ersten Angelrunde. Der Skipper wird nun einen anderen Fischschwarm suchen, um dann zum nächsten Einsatz zu blasen. Die Auflagen für Angeltörns sind streng: Die Bestände sollen nicht überfischt werden. Die Angler steigen unterdessen in die Kajüte der »Ark« hinab. Dort steht schon ein deftiges polnisches Fischerfrühstück bereit: mit heißen Krakauer Würsten und dampfendem Kaffee.

»Die ‚Ark' diente tatsächlich als Fischerboot, bevor ich sie Anfang der 80-er Jahre gekauft habe«, sagt Wojciech Dubois, der Schiffseigner und Kapitän. Das Geld habe er während eines anderthalbjährigen Aufenthalts in den USA verdient. Bevor er das Boot restaurierte, reiste er nach Kiel und Lübeck. »Dort habe ich historische Segelboote angeschaut und fotografiert, denn ich wollte die ‚Ark' möglichst authentisch überholen«, erzählt der Käpt'n. So viel Eigeninitiative sei im sozialistischen Polen möglich gewesen. Inzwischen besitzt der drahtige Mann mit dem kurzen angegrauten Bart noch ein zweites Segelschiff, die »Baltic Star«, die ebenfalls mit Touristen auf der Ostsee kreuzt. Bei eintägigen Angeltouren können bis zu 16 Personen mitfahren. Bei mehrtägigen Törns rund um die dänische Insel Bornholm nimmt Dubois höchstens acht Gäste mit. »Mehr Kojen haben wir leider nicht an Bord«, erklärt er. Neben einem Skipper reisen zwei oder drei Matrosen mit, die sich um die Zubereitung der Mahlzeiten kümmern. Außerdem filetieren sie die gefangenen Fische und verpacken sie auf der Rückfahrt in Plastikfolie, während die Tagesgäste noch eine warme Suppe löffeln. »Solche Touren sind für unsere Fischer eine neue Erwerbsquelle«, sagt Jerzy Mikolajewski, der sich in Kolobrzeg um die Entwicklung des Tourismus kümmert. Etliche Fischer des Ortes haben ihr Gewerbe bereits ganz aufgegeben. Sie nutzen die Kutter-Stilllegungsprämien der Europäischen Union, um ins Tourismusgeschäft einzusteigen. Einige bieten Ausflugs-

und Angeltouren an. »Andere kaufen für das Kuttergeld Grundstücke am Meer, um dort Ferienwohnungen zu bauen«, sagt Mikolajewski.

Jodhaltige Seeluft, Sole-Schwimmbäder und Moorpackungen: Kolobrzeg war schon ein berühmter Kurort, als es noch Kolberg hieß. Vor genau 750 Jahren bekam es das Lübecker Stadtrecht verliehen. Am Ende des Zweiten Weltkrieges wurde es bei erbitterten Kämpfen zwischen deutschen, sowjetrussischen und polnischen Truppen fast total zerstört. Die neuen polnischen Bewohner bauten einiges wieder auf. Anderes errichteten sie neu, wie zum Beispiel das Hotel New Skanpol und die Kurkliniken im Waldstreifen hinter dem hellen, feinkörnigen Sandstrand. Kurz vor dem backsteinernen Leuchtturm von Kolobrzeg drosselt Skipper Zbyszek Bobinski die Schiffsmaschine. Langsam läuft die »Ark« wieder in den Jachthafen ein. Auf der Uferpromenade flanieren Urlauber. Gut besetzte Straßencafés verleihen Kolobrzeg im Hochsommer ein südländisches Flair. Doch so mancher Familienvater steht morgens lieber früh auf, um auf hoher See Dorsche und Heringe zu angeln.

Geschichte

Polen in die EU: Schröders Ratschlag

Polen kann sich nach Angaben von Bundeskanzler Gerhard Schröder (SPD) in der schwierigen Endphase der EU-Beitrittsverhandlungen auf Deutschland verlassen. Allerdings sollte Warschau den Finanzplan nicht in Frage stellen, auf den sich die Mitgliedsländer vergangene Woche geeinigt haben. »Mein Rat lautet, die Beschlüsse von Brüssel nicht zu ändern«, sagte Schröder am Dienstagabend anlässlich seines vierstündigen Blitzbesuchs in Warschau (am 5. November 2002). Unwirsch wies er Spekulationen darüber zurück, dass es bei den Zahlungen an die Neumitglieder noch Spielraum gebe. »Alle wissen, welchen Beitrag Deutschland für die EU-Erweiterung leistet«, sagte Schröder. Nach den Vorschlägen des Brüsseler Gipfels sollen die Kandidatenländer nach ihrem Beitritt im Jahr 2004 zunächst nur 25 Prozent der Agrar-Direktbeihilfen erhalten. Polnische Politiker hatten das immer wieder als zu wenig kritisiert.

Polens Premierminister Leszek Miller (SLD) dankte für Deutschlands konstruktive Haltung beim Brüsseler Gipfel. Schröder habe einen kaum zu überschätzenden positiven Beitrag geleistet. »In Brüssel haben wir eine historische Entscheidung mit wegweisendem Charakter getroffen«, sagte Schröder. Das nächste Arbeitstreffen mit Miller finde Ende November in Hannover statt. »In meinem Haus«, sagte Schröder. Dort will er sich mit Miller über den aktuellen Stand der Beitrittsverhandlungen vor dem EU-Gipfel am 11. und 12. Dezember in Kopenhagen unterhalten. Schröders Stippvisite in Warschau war sein neuntes Treffen mit der polnischen

Regierung. Auf den Tag genau vor vier Jahren fand sein erster Besuch in Warschau statt. Es sei kein Zufall, dass seine erste offizielle Auslandsreise nach der Bundestagswahl nach Polen führe. »Ich bewundere die politischen und kulturellen Leistungen Polens«, sagte der Bundeskanzler. Die polnische Regierung bewirtete ihn im Palast auf der Insel im Lazienki-Park. Das Abendmenü bestand aus grünem Spargel mit Thunfischtatar, einer Porree-Cremesuppe, gebackenem Lammfilet mit Waldpilzen und einem Dessert aus Mandeln und Pflaumen.

Schröder erwartet Zustimmung

Bundeskanzler Gerhard Schröder (SPD) erwartet eine große Zustimmung der Polen beim EU-Referendum. »Ich bin ziemlich sicher, dass die übergroße Mehrheit der Polen diese historische Chance nicht vorübergehen lässt«, sagte Schröder am Mittwochabend (4. Juni 2003) in Lodz, der zweitgrößten polnischen Stadt. Die Polen entscheiden am kommenden Samstag und Sonntag mit einer Volksabstimmung, ob ihr Land ab 2004 zur Europäischen Union (EU) gehört. Allerdings ist noch ungewiss, ob die erforderlichen mehr als 50 Prozent der Wahlberechtigten ihre Stimme abgeben. Der Kanzler war zu einem Blitzbesuch nach Lodz gekommen. Gemeinsam mit Polens Premierminister Leszek Miller warb er im Theater vor Geschäftsleuten und Kommunalpolitikern für Polens Beitritt zur EU. In der Stadt, in der bis zum Zweiten Weltkrieg vier Kulturen friedlich miteinander lebten, appellierte Schröder an das Geschichtsbewusstsein: »Wenn sich die Polen die Geschichte der europäischen Integration und Solidarität anschauen, werden sie auch zum EU-Beitritt ja sagen.« Europas Einigung ist nach Schröders Ansicht ein Prozess des Gebens und Nehmens. Ziel sei es, aus Europa einen Ort des dauerhaften Friedens zu machen.

Zwar erklärten 64 Prozent der Polen in einer am Mittwoch veröffentlichten Umfrage des Meinungsforschungsinstituts CBOS, dass sie »bestimmt« am EU-Referendum teilnehmen. Und 15 Prozent wollen »wahrscheinlich« zur Abstimmung gehen. Meinungsforscher und Politiker fürchten jedoch, dass viele Befragten aus Scham nicht zugeben, dass sie den Wahlurnen fern bleiben. So könnte die Wahlbeteiligung knapp unter 50 Prozent liegen und das Referendum somit wegen etwa 50.000 fehlender Stimmen scheitern. Verdruss über die jüngsten Politik-Skandale, aber auch schönes Wetter und Gartenarbeit könnte nach Ansicht von Soziologen die Wahlbeteiligung gering halten. Von den Polen, die auf jeden Fall am Referendum teilnehmen, wollen 74 Prozent für den EU-Beitritt stimmen. Die CBOS-Umfrage ergab außerdem, dass polnische EU-Befürworter eine gute Berufsausbildung haben, mit ihrem Lebensstandard zufrieden sind und optimistisch in die Zukunft blicken.

Im Wahlkampf punkten EU-Gegner

Ein untersetzter Mann mit zurückgekämmten Haaren bahnt sich den Weg durch die Ausstellungshalle. »Da kommt Lepper«, raunen die Besucher auf der Landwirtschaftsmesse in der polnischen Provinzstadt Kielce. Der Mann geht zum Rednerpult und schaut kampflustig in die Menge: Andrzej Lepper, populistischer Bauernführer und Chef der euro-feindlichen Partei »Samoobrona« (Selbstverteidigung). »Die EU will unsere Landwirtschaft zerstören, um aus Polen einen Absatzmarkt für ihre Produkte zu machen«, schimpft Lepper. Er weiß, was gegen den Frust zu tun ist: »Bleibt am 13. Juni nicht zu Hause. Geht zur Wahl, und sagt es dem ganzen Dorf: Wählt Samoobrona!« Es ist das erklärte Nahziel des 49-jährigen Politikers, die Wahl zum Europäischen Parlament am 13. Juni 2004 zu gewinnen. In Meinungsumfragen liegt Leppers Partei »Samoobrona« derzeit zwischen 21 und 29 Prozent. Damit hätte sie gute Chancen, als stärkste Gruppierung aus Polen in das Europäische Parlament einzuziehen. Insgesamt beteiligen sich 14 Parteien und Wählergruppen in Polen an der Wahl zum Europäischen Parlament. 1700 Kandidaten bewerben sich in 13 Wahlkreisen um 54 Mandate. Ausgerechnet die euro-feindliche »Samoobrona« betreibt als einzige Partei in Polen schon seit Wochen einen aktiven Wahlkampf. Denn Lepper hat sich eines vorgenommen: Ein Sieg bei der Wahl zum Europäischen Parlament soll seiner Partei den Weg ebnen, vorgezogene Neuwahlen im eigenen Land zu gewinnen. Dazu kann es jeden Moment kommen: Die polnische Regierung von Premier Marek Belka hat im Parlament keine Mehrheit, auf die sie sich stützen kann. Sollte Lepper in Polen an die Regierung kommen, will er als erstes den EU-Beitrittsvertrag neu verhandeln.

Die wachsende Frustration über die Unfähigkeit der Regierung und die diffusen Ängste vor den Folgen des EU-Beitritts geben den radikalen Parteien in Polen Auftrieb. Umfragen zeigen, dass die national-katholische »Liga polnischer Familien« mit 13 Prozent der Stimmen rechnen kann. Die ultrarechte Partei ist gegen alles, was aus Brüssel kommt. Vor den Wahlen zum Europäischen Parlament versucht sie sich auf besondere Weise zu profilieren: Sie lässt vom Verfassungsgerichtshof prüfen, ob der EU-Beitrittsvertrag überhaupt im Einklang mit der polnischen Verfassung steht. Auf ebenfalls 13 Prozent kommt die konservative, verhalten euro-skeptische Partei »Recht und Gerechtigkeit« (PiS) der Zwillingsbrüder Jaroslaw und Lech Kaczynski. Deren Wahlprogramm lehnt jeden Kompromiss im Streit um die Europäische Verfassung ab. Nach Ansicht der PiS-Politiker sollte Polen weiter an dem in Nizza ausgehandelten System der Stimmgewichtung festhalten. Angesichts dieser Entwicklung ist es ein Lichtblick, dass sich immerhin die liberale »Bürgerplattform« (PO) ein knappes Rennen mit Leppers radikaler »Samoobrona« um den ersten Platz liefert: Nach Umfragen liegt sie bei 21 bis 23 Prozent. Die konservativ-bürgerliche Partei, die neuerdings engeren Kontakt zur CDU unterhält, wirbt in ihrem Programm für Europa als Garant für Stabilität und Wohlstand in Polen. Vollkommen abgeschlagen dagegen ist die polnische Linke. Das regierende Bündnis Linker Demokraten (SLD) dümpelt bei fünf Prozent vor sich hin. Das

Wahlprogramm dürfte kaum geeignet sein, diese Werte groß zu steigern: Polen solle sich zum Mittler zwischen der EU und den östlichen Nachbarn Ukraine und Weißrussland machen, heißt es darin. Mehr argumentative Durchschlagskraft könnte da das Wahlprogramm der neuen »Sozialdemokratie Polen« (SdPl) haben. Die neue Linke hat sich vor kurzem von der SLD abgespalten und liegt derzeit bei neun Prozent. Sie will sich dafür einsetzen, dass die westeuropäischen Länder ihre Übergangsfristen für den Zuzug von Arbeitnehmern aus dem Osten fallen lassen. Das trifft den Nerv vieler Polen: Sie fühlen sich durch diese Übergangsregelungen als »Europäer zweiter Klasse« diskriminiert.

Museum des Warschauer Aufstands

Josef Kardinal Glemp, der Primas von Polen, weiht die Kapelle im neuen Museum des Warschauer Aufstands am Samstag (31. Juli 2004) in Warschau. Die Gedenkstätte im ehemaligen Kraftwerk der Straßenbahnen wird am selben Tag offiziell eröffnet. Bundeskanzler Gerhard Schröder besucht das Museum am Sonntag anlässlich der Feierlichkeiten zum 60. Jahrestags des Beginns des Warschauer Aufstandes: Am 1. August 1944 hatten sich die Bewohner der polnischen Hauptstadt gegen die deutschen Besatzungstruppen erhoben – rund ein Jahr nach dem Aufstand im jüdischen Getto von Warschau.

Die Museumskapelle ist etwa acht Meter hoch. Tageslicht fällt durch ein Dachfenster in den kleinen Raum.

Die Wand hinter dem Altar ist aus Ziegel. Grauer Putz bedeckt die Seitenwände und verleiht dem Raum asketische Strenge. Die Kapelle bleibt vorerst unmöbliert. Zurzeit arbeiten noch 200 Handwerker in dem hundertjährigen Kraftwerksgebäude an der Przyokopowej-Straße. Im früheren Maschinenhaus verlegen sie Pflastersteine, verputzen die Wände und setzen Fensterrahmen aus Holz ein. »Wir arbeiten schnell, aber ordentlich. Pfuscherei oder Plastikfenster kommen nicht in Frage – das ist doch ein Denkmal«, sagt Bauleiter Adam Janeczek von der Firma PBM Poludnie. Im Maschinenhaus findet die erste Ausstellung zum Aufstand statt. In einer Ecke des Kesselhauses errichten Arbeiter derweil einen Aussichtsturm. Sechs Stahlbetonpfeiler stehen schon. Mehr als 6000 Namen von Gefallenen des Aufstands sind in die Mauer des Gedenkens eingraviert. Sie steht im begrünten Museumshof. Dort werden am Samstag Veteranen des Aufstands zusammen mit Würdenträgern und Primas Glemp das Museum feierlich eröffnen. An der Mauer hängt die Ehrenglocke »Monter«, die dann erstmals geläutet wird. Von Sonntag (1. August) an ist das Museum für jedermann zugänglich. Nach einigen Tagen wird es wieder geschlossen, um binnen zwei Monaten endgültig fertig gestellt zu werden.

Neues Museum: Papst ehrt die Helden

Mit der Eröffnung des Museums des Warschauer Aufstandes haben am Samstagvormittag in der polnischen Hauptstadt die Feierlichkeiten zum 60. Jahrestags des Beginns des Warschauer Aufstandes begonnen. Vor der

Gedenkmauer mit mehr als 6000 Namen von Gefallenen im Hof des Museums sprachen Premierminister Marek Belka, Ex-Premier Jerzy Buzek, Warschaus Stadtpräsident Lech Kaczynski und Ex-Außenminister Wladyslaw Bartoszweski. Josef Kardinal Glemp, Primas von Polen, weihte die Kapelle im Museum und leitete eine heilige Messe. Am 1. August 1944 hatten sich die Einwohner Warschaus gegen die deutschen Besatzer erhoben. In den folgenden zwei Monaten starben 200.000 Warschauer, viele weitere wurden verschleppt und die Stadt fast völlig dem Erdboden gleichgemacht. »Im Museum des Warschauer Aufstandes geht es nicht nur um die Dokumentierung, es geht um die Erinnerung und um die Wahrheit, denn es wurde versucht, die Geschichte des Aufstandes zu verfälschen«, sagte Premierminister Belka. Er erinnerte daran, dass das Drama des Aufstandes nicht mit der Kapitulation und der Verschleppung der Zivilbevölkerung in Konzentrationslager endete. »Das Drama hielt an, weil jahrelang die Erinnerung an den Aufstand befleckt und die Verdienste des Untergrundstaates totgeschwiegen wurden.« Die Kämpfer der Untergrundarmee (AK) seien im Kommunismus an den Rand der Gesellschaft gedrängt worden, sagte Premier Belka.

Papst Johannes Paul II. schrieb in einem Brief an die Überlebenden, der Aufstand werde für immer als »Ausdruck des höchsten Patriotismus« in der nationalen Erinnerung bleiben. »Als Sohn dieses Volkes möchte ich den gefallenen und den lebenden Helden des August-Aufstands Ehre erweisen.« Warschau, das deutsche Truppen nach dem Aufstand systematisch zerstört und das die zurückgekehrten Einwohner nach dem Krieg wieder aufgebaut hatten, sei ein »Denkmal des moralischen Sieges«. Am Sonntagnachmittag (01. August 2004) wird Bundeskanzler Gerhard Schröder das Museum des Warschauer Aufstandes besichtigen. Das Museum wurde in einem ehemaligen Elektrizitätswerk der Warschauer Straßenbahnen eingerichtet.

Schröder im Museum

Ernst sieht er aus. Die Lippen zusammengepresst, die Mundwinkel herabgezogen: Schweigend steht Bundeskanzler Gerhard Schröder in der kahlen Kapelle im neuen Museum des Warschauer Aufstandes. Schröder hat seinen Italienurlaub für einen Tag unterbrochen. Als Ehrengast nimmt er an der Jubiläumsfeier zum Beginn des Warschauer Aufstandes vor 60 Jahren teil. Pfadfinder stehen auf dem Museumsgelände Spalier, hinter ihnen drängen sich junge Familien und Veteranen. Die Atmosphäre ist gelöst, erinnert an einen Sonntagsausflug. Greise Haare, straffe Haltung, Orden an den Jacken: Tadeusz Pospiech, Tadeusz Filipkowski, Wojciech Militz und Boleslaw Hozakowski haben seinerzeit beim Aufstand mitgekämpft. Auf dem Museumsgelände sprechen sie mit dem Bundeskanzler. Gefasst hört er ihnen zu. Am 1. August 1944 hatten sich die Bewohner der polnischen Hauptstadt gegen die deutschen Besatzungstruppen erhoben. 63 Tage dauerte der Kampf. 200.000 Einwohner kamen dabei um, der Rest wurde verschleppt und vertrieben. Von Warschau blieb nur ein Trümmerfeld.

»Ich weiß um die Bedeutung des Warschauer Aufstandes. Die Einladung zu den Feierlichkeiten ist eine große Ehre für mich und eine große Geste für mein Land, das den Krieg angefangen und unsägliches Leid brachte«, sagte der Bundeskanzler in einem Gespräch mit Polens Premierminister Marek Belka. Ein freies und sicheres Polen ist laut Schröder die Grundlage für alle weiteren Diskussionen in Europa. »Unsere gemeinsame Verantwortung für den Frieden in Europa darf nicht durch Uneinsichtige in Deutschland gestört werden«, sagte Schröder. Ausdrücklich wandte er sich in diesem Zusammenhang gegen Entschädigungsansprüche deutscher Vertriebener und gegen ein Zentrum Museum gegen Vertreibung in Berlin. »Die Bundesregierung wird das vor jedem internationalen Gericht geltend machen«, kündigte der Bundeskanzler in Warschau an. »Der Warschauer Aufstand hat die Chance, Teil des großen historischen Erbe Europas zu werden«, sagte Premierminister Belka. »Wir wollen den Blick in die Zukunft und auf unsere gemeinsamen Interessen richten.« Belka erwähnte in diesem Zusammenhang die Wirtschaft und Reformen in der Europäischen Union.

»Solidarnosc wirkt bis heute nach«
Zuerst sprachen führende internationale Politiker zum 25. Geburtstag der polnischen Gewerkschaftsbewegung Solidarnosc (am 31. August 2005). Dann zelebrierte der Krakauer Erzbischof Stanislaw Dziwisz bei strahlendem Sonnenschein eine heilige Messe auf dem Danziger Werftgelände. Nach offiziellen Schätzungen

nahmen 40.000 Besucher daran teil. Bundespräsident Horst Köhler würdigte die Verdienste der Solidarnosc am Vormittag bei einer Sondersitzung der internationalen Konferenz »Von der Solidarnosc zur Freiheit«. Mit der Solidarnosc haben sich die Polen nach Köhlers Einschätzung nicht nur selbst befreit, sondern sie setzten einen wichtigen Prozess in Gang, der bis heute nachwirkt. Polen hat im August 1980 »zum wiederholten Mal ein Beispiel seiner Freiheitsliebe und seines Patriotismus gegeben«, sagte Köhler unter starkem Applaus. Solidarnosc habe die Bedingungen für die Vereinigung Europas und die Vereinigung Deutschlands geschaffen. Es erfülle ihn auch mit Zuversicht, sagte Köhler, dass er am 1. September gemeinsam mit Polens Staatspräsident Aleksander Kwasniewski auf der Danziger Westerplatte des Beginns des Zweiten Weltkriegs gedenke. Niemand in Deutschland wolle dieses »finstere Kapitel unser Geschichte« umdeuten.

Die Taten der Solidarnosc waren nach Ansicht von Lech Walesa notwendig, um »eine neue Epoche ohne Blöcke, ohne Teilungen – eine Epoche des Intellekts, der Information und der Globalisierung« zu beginnen. Der ehemalige Arbeiterführer und spätere polnische Staatspräsident erinnerte bei der morgendlichen Sondersitzung auch an die wichtige Rolle, die Papst Johannes Paul II. in dem Wandlungsprozess in Polen gespielt hat. »Es begann bei seiner ersten Pilgerreise nach Polen im Jahre 1979«, sagte Walesa. »Nachdem Papst Johannes Paul II. gesagt hatte, fürchtet Euch nicht, änderte sich alles in Polen. Der heilige Vater hat die polnische Nation aufgeweckt.« Der ehemalige amerikanische Außenminister James Baker verlas bei der Konferenz einen Brief von US-Präsident George W. Bush. »Solidarnosc ist ein leuchtendes Beispiel für die Macht des Wandels«, schrieb Bush. »Gott segne das polnische Volk.« »Solidarnosc war der Sieg der Freiheit, und der 31. August 1980 ist der Tag, der für immer den Beginn eines neuen Kapitels in der Geschichte Europas markiert«, sagte José Manuel Barroso, Präsident der Europäischen Kommission. Der ukrainische Präsident Wiktor Juschtschenko wies während der Konferenz auf die Vorbildfunktion der Solidarnosc für die Revolution in Orange in der Ukraine hin. »Die Bewegung der Völker zur Freiheit dauert an und formt das neue Antlitz Europas«, sagte Juschtschenko. Er machte deutlich, dass er die Zukunft der Ukraine im vereinten Europa sieht. »Nichts hält den demokratischen Wandel auf, der von der polnischen Solidarnosc angestoßen wurde«, befand auch Georgiens Präsident Michail Saakaschwili. Nach Georgien und der Ukraine werde auch die Zeit des Wandels für Weißrussland kommen.

Bunte Blumen und Porträts von Papst Johannes Paul II. schmückten das historische Werfttor Nummer zwei, vor dem um 12.30 Uhr die heilige Messe begann. An dem Podium, auf dem der Krakauer Erzbischof Stanislaw Dziwisz die Messe zelebrierte, hing ein Zitat von Johannes Paul II., dass er 1999 in Danzig formuliert hatte: »Solidarnosc öffnete das Tor der Freiheit, die für uns die größte Aufgabe und Herausforderung ist und bleibt.« Dziwsz sagte: »Der Gott, der solidarisch mit den Menschen ist, hat uns heute so zahlreich hier vor diesem Jubiläumsaltar versammelt.« Er unterstrich, dass die Grundlage der Solidarität nicht in zweifelhaften und vorübergehenden Ideologien liegt, sondern in der Wahrheit, der guten Nachricht, die Jesus Christus gebracht hat. Für den späten Nachmittag war auf dem Werftgelände die feierliche Unterzeichnung der Gründungsurkunde für das »Europäische Solidaritäts-Zentrum« vorgesehen. Das Veranstaltungszentrum soll auf dem Werftgelände errichtet. Um 20.30 Uhr soll ein Symphoniekonzert auf dem Solidarnosc-Platz vor dem Werfttor 2 die Jubiläumsfeier beenden.

Bereits am Dienstagabend hatten 3500 Delegierte der Gewerkschaft Solidarnosc die Helden des Streiks vom August 1980 geehrt. Ausdrücklich feierten sie dabei auch das Andenken an Papst Johannes Paul II., an Kardinal Stefan Wyszynski und an den 1984 von kommunistischen Geheimpolizisten ermordeten Pfarrer Jerzy Popieluszko. »Ohne ihre Ideen und Opfer hätte unsere Gewerkschaft die schweren Zeiten der Unfreiheit nicht überdauert«, sagte der Danziger Erzbischof Tadeusz Goclowski im Gebet zur Eröffnung des Kongresses. Lech Walesa musste die Veranstaltung nach einer kurzen Ansprache, die ihn sichtlich emotional tief bewegte, vorzeitig verlassen. Walesas Sohn Jaroslaw erklärte, sein Vater sei von den vielen Auftritten der vergangenen Tage völlig übermüdet.

Solidarnosc: Lech Walesa zieht Bilanz

Zunächst Unteroffizier im polnischen Heer, dann Elektriker auf der Danziger Werft, Mitgründer der Gewerkschaft Solidarität, Friedensnobelpreisträger und schließlich Staatspräsident: Die Karriere von Lech Walesa war phantastisch. Doch im politischen Alltag hat ihn das Glück rasch verlassen. Walesa zog sich aus der Politik zurück. Im Sommer 2005 interviewte Joachim Barmwoldt den Privatmann in seinem Büro im Grünen Tor in Danzig.

Herr Walesa, wie bewerten Sie heute die Folgen von Solidarnosc für Polen?
Walesa: Wir hatten damals einen zu großen Sieg. Wir können damit nicht umgehen, weder im Maßstab von Europa noch im Maßstab der Welt. Manche Gehirne, die intelligent erscheinen, glauben nicht, dass es gelungen ist. Sie vermuten, dass es da eine heimliche Zusammenarbeit gab – mit der politischen Polizei SB, mit dem KGB, mit der CIA oder mit dem Mossad. Sie werden es nicht verstehen. Und so ein großer Sieg bringt natürlich auch Probleme mit sich. Aber eigentlich haben wir die Epoche der Teilungen, der Grenzen beendet und eine Epoche der Globalisierung des Intellekts, des Internets aufgemacht. Das hat hier seine Wurzeln.

Die Solidarnosc hat also den Lauf der Welt geändert?
Walesa: Was wir gemacht haben, hat den Weg geöffnet. Als wir dem Bären die Zähne ausgeschlagen haben, haben die Deutschen die Mauer selbst runtergebrochen

und dann haben die Tschechen auch ihre Revolution durchgeführt und alle anderen auch. Aber das war erst möglich, als der Bär nicht mehr beißen konnte. Das ist die Wahrheit.

Was war der größte Fehler von Solidarnosc? War's der Runde Tisch, wie der Warschauer Oberbürgermeister und Präsidentschaftskandidat Lech Kaczynski immer behauptet?
Walesa: Der Runde Tisch war eine verlorene Geschichte. Gegen meinen Willen musste ich Präsident werden, um die Ergebnisse des Runden Tisches zu verbessern. Man konnte die Wende nicht mit einem Sprung, als Revolution, durchziehen. Die Kaczynskis und andere sollen keine Dummheiten erzählen. Welche Chancen hatten wir für einen Kampf? Damals gab es in Polen mehr als 200.000 sowjetische Soldaten, die hier ständig waren. Rund um Polen standen eine Million Sowjetsoldaten mit Atomwaffen. Und in Polen gab es mehr als 100.000 Mann politische Polizei SB. Jetzt soll Kaczynski sagen, wie wir den Kommunismus anders hätten bekämpfen können. Erst dann kann ich sagen, ob er kluge Sachen erzählt.

Nach einer jüngst veröffentlichten Umfrage meinen 85 Prozent der Polen, dass die Arbeitslosigkeit die wichtigste Folge von Solidarnosc ist. Tut Ihnen dieses Ergebnis weh?
Walesa: Natürlich tut das weh! Aber wer soll daran Schuld haben? Da muss man diese Fragen stellen: Wollt ihr die Sowjetunion zurück? Wollt ihr die sowjetische Armee zurück in Polen? Wollt ihr die kommunistische

Partei zurückhaben? Dann wird auch die Antwort anders ausfallen. Ja, natürlich stimmt es, dass der Umbau gewisse Kosten mit sich bringt. Wir hatten mit einer Neuauflage des Marshall-Plans gerechnet. Dass der Umbau nach den kommunistischen Absurditäten so viel kostet, dafür kann man der Solidarnosc keine Schuld geben.

Wie konnte es zu der hohen Arbeitslosigkeit in Polen kommen?
Walesa: Als Beispiel kann man hier die Werft nennen, die damals Lenin-Werft hieß und heute Danziger Werft heißt und wo ich zum Helden wurde. Ich habe da mit kleinen Pausen mehr als 20 Jahre gearbeitet. Damals [vor 1990] gingen nicht mehr als 1,5 Prozent der Gesamtproduktion in den Westen, aber 98,5 Prozent lieferten wir in die Sowjetunion. Die ganze Welt hat sich gefreut, als wir die Sowjetunion auflösten, als wir den Warschauer Pakt auflösten und als die Deutschen sich versöhnt haben. Aber das hat Polen viel gekostet – wir hatten auf einmal keine Märkte mehr.

Hatten Sie denn keinen Plan gegen diese Entwicklung?
Walesa: Ich habe ein anderes operatives politisches System vorgeschlagen, ein Präsidentensystem mit Dekreten, um die wirtschaftliche Entwicklung nachzuholen. Ich habe außerdem vorgeschlagen, dem Volk 100 Millionen [Dollar] in Form von Aktien zu geben, um so gewisse Teile des Volksvermögens zu privatisieren. Und ich habe dem Westen eben in Form des Marshall-Plans auch einen schönen Verdienst vorgeschlagen, ein bisschen modernisiert, ein bisschen anders. Ich wollte, dass der Westen

eine Liste der Fachleute zu sehen bekommt und eine Liste der polnischen Maschinen. Anhand der Listen hätte der Westen eben das auswählen können, was im Westen gebraucht wurde. Wir haben zum Beispiel heute immer noch zu viele Krankenschwestern, während Krankenschwestern in Skandinavien fehlen und in den Vereinigten Staaten auch. Wir könnten auch Monatsschichten für die polnischen Krankenschwestern organisieren.

Was gab Ihnen vor 25 Jahren die Kraft, sich gegen die Kommunisten zu erheben? Diesen Streik durchzustehen?
Walesa: Also, ich habe eigentlich schon mit der Muttermilch Anti-Kommunismus gesogen. Ich wollte zuerst kein Oppositioneller werden. Aber ich bin in einem kleinen Dorf aufgewachsen und dort galten ganz einfache Regeln: Weiß bleibt weiß und schwarz bleibt schwarz. Als ich endlich aus diesem Kaff rauskam, habe ich gemerkt, dass dieser Satz stimmt. Aber je höher ich stieg, desto mehr habe ich den Konflikt gesehen. Das hat mich zur Opposition geführt, die ich eigentlich nicht wollte.

Nach der Jubiläumsfeier wollen Sie nach 25 Jahren aus der Solidarnosc austreten. Sie haben das kürzlich damit begründet, dass Sie dort nicht mehr gebraucht werden. Was wollen Sie denn anschließend konkret machen?
Walesa: Ich habe immer dasselbe gemacht und das werde ich weitermachen – auch wenn nicht alle meine Konzeptionen gelungen sind. So habe ich schon im Jahre 1989 vorgeschlagen, die Fahnen von Solidarnosc runter-

zuziehen. Weil ich eigentlich Solidarnosc in drei Kapiteln gesehen habe. Im ersten Kapitel ging es darum, die Demokratie aufzubauen. Also weggehen vom Monopol, weg vom Kommunismus. Denn der Kommunismus hat jede Initiative in der Gesellschaft unterdrückt. Aber die Leute haben erwartet, dass man ihnen fertige Lösungen bringt. Die Folge war: Wir mussten uns zanken, streiten, teilen. Das war eben Kapitel Nummer zwei: nicht schön, aber nötig. Heute [2005] sind wir schon im dritten Kapitel. Wir sammeln uns, um uns zu wehren. Die Kapitalisten treten zusammen, um sich zu wehren. Die Gewerkschaften auch. Die Politiker in den politischen Parteien auch. Damals habe ich es nicht geschafft.

Was wollen Sie denn schaffen? Warum treten Sie aus der Gewerkschaft Solidarnosc aus?
Walesa: Diese heutige Gewerkschaft ist besser als die damalige zu meiner Zeit, sie ist besser ausgebildet, sie ist fachlicher und weniger politisch. Aber ganz Polen kann leider nicht in die Solidarnosc eintreten. Wir brauchen Solidarität in Polen, in der Europäischen Union und global gesehen auch. Darum braucht man nicht nur die Gewerkschaft. Das ist der Grund, weshalb ich etwas anderes suche. Ich weiß nicht, ob ich es schaffen werde. Das ist jedoch nicht gegen die Gewerkschaft gedacht.

Die Gewerkschaften geraten weltweit unter Druck. Gerade erst wurde in Deutschland ein Fall von Korruption bei VW in Wolfsburg bekannt. Welche Zukunft haben Gewerkschaften?

Walesa: Sie wurden und sie werden auch weiterhin gebraucht. Natürlich sollen sie in unterschiedlichen Zeiten unterschiedliche Rollen spielen. Die Zukunft sehe ich in Form eines Dreiecks. Gewerkschaften und soziale Organisationen bilden eine Seite, die Eigentümer der Produktionsmittel treten als zweite Seite auf, und die dritte Seite ist die Regierung und die Verwaltungen. Diese drei Seiten sollten gleichberechtigt sein und sich gemeinsam auf unterschiedlichen Ebenen – von der Gemeinde bis zum Verwaltungsbezirk – um die Lösung von Problemen kümmern.

Wie schätzen Sie längerfristig die polnisch-deutschen Beziehungen ein?
Walesa: Zurzeit haben wir alle große Probleme, sowohl Deutschland als auch Polen. Aber wir werden sehen: Je stärker wir zusammenarbeiten, desto mehr werden wir auch davon haben. Unsere Generation hat die Epoche des Intellektes, der Information eröffnet. Wir sind auf diesem Weg zu Käufern geworden, und jeder braucht Käufer. Man muss immer helfen, damit der andere nicht arbeitslos wird. Das ist eben die Epoche der Solidarität, die Epoche der Arbeit und Zusammenarbeit.

Der polnische Papst

Pole spielt Hauptrolle im Papstfilm

Der polnische Schauspieler Piotr Adamczyk übernimmt die Hauptrolle im internationalen Film »Karol. Die Geschichte des Menschen, der Papst wurde«. Regisseur Giacomo Battiato hat den 32-jährigen Warschauer als Darsteller von Karol Wojtyla ausgewählt. »Die italienischen Produzenten haben mir gesagt, dass die Angelegenheit entschieden ist und ich sie offiziell bestätigen kann«, zitiert die polnische Tageszeitung »Rzeczpospolita« den Schauspieler Piotr Adamczyk (im Juli 2004). Karol Wojtyla ist nach dem Komponisten Frédéric Chopin die zweite große Rolle im filmischen Schaffen von Adamczyk. Er gehört zum Ensemble des Warschauer »Teatr Wspolczesny« (Zeitgenössisches Theater). 1995 hat er die Schauspielfakultät der Staatlichen Höheren Theaterschule absolviert. Das Szenarium des Films beruht auf dem Buch »Karols Geschichte«, das der italienische Journalist und Vatikankenner Gianfranco Svidercoschi verfasst hat. Svidercoschis Vorfahr kam mit der Legion des polnischen Generals Jan Henryk Dabrowski auf Napoleons Feldzug nach Italien. Klaus Maria Brandauer und Emmanuelle Beart gehören zu den bekannten Schauspielern, die in dem Film eine Rolle spielen. Favoriten für die Titelrolle waren zunächst Jude Law und Luca Zingarelli. Der Regisseur Giacomo Battiato gelangte jedoch nach einigem Überlegen zu der Überzeugung, dass es ein polnischer Schauspieler sein sollte. Adamczyk setzte sich schließlich gegen sieben Mitbewerber durch. Er ist dem Papst schon einmal persönlich beggenet – im vergangenen Jahr in Rom mit einer Gruppe polnischer Künstler. Die Dreharbeiten zu dem Film sollen Anfang

September beginnen. Adamczyk reist bereits vorher nach Rom. Der Maskenbildner macht dann einen Abdruck von seinem Gesicht, um die Gesichtszüge für jeden einzelnen Lebensabschnitt des Papstes vorzubereiten.

Polens größte Kirche eingeweiht
Eine goldene Kuppel krönt die neue Basilika von Lichen: Polens größtes Heiligtum wurde am Samstag (12. Juni 2004) vom Apostolischen Nuntius in Polen, Erzbischof Józef Kowalczyk, geweiht. Das Bauwerk gilt mit 10.000 Steh- und 7.000 Sitzplätzen als siebtgrößte Kirche in Europa. Auf dem Platz vor der Basilika können bis zu 250.000 Gläubige stehen. Zehn Jahre dauerten die Bauarbeiten. Die Baukosten sollen sich nach unbestätigten Angaben der Tageszeitung »Gazeta Wyborcza« auf 100 Millionen Zloty belaufen, umgerechnet sind das etwa 22 Millionen Euro. Einen Teil der Kosten habe der polnische Baukonzern Budimex übernommen. Budimex war Generalunternehmer für diesen Kirchenbau.

Vor der Einweihung der Basilika wurde ein Glückwunschtelegramm von Papst Johannes Paul II. verlesen. Er hatte Lichen im Jahre 1999 besucht und das für den Bau der Basilika vorgesehene Gelände gesegnet. Am Samstag wurde dann mit einem symbolischen goldenen Schlüssel die Flügeltür der Basilika geöffnet. Mehrere Tausend Gläubige schauten zu. Erzbischof Józef Kowalczyk bat sie, an der Pracht und am Reichtum dieser Kirche keinen Anstoß zu nehmen. »Vielmehr sollten wir uns am Mut der Polen erfreuen, die dieses Bauwerk errichteten und die Arbeiten mit Geldspenden unterstützten«, zitiert die »Gazeta Wyborcza« den Erzbischof. Die Feierlichkeiten wurden mit einem »Te Deum« beendet. Allerdings entstehen in Polen neue Kirchen auch ohne Pracht und Pomp: in Czarna Bialostocka beispielsweise in einem ehemaligen Heizkraftwerk.

Neue Kirche in altem Kraftwerk
Tief in den Wäldern Ostpolens und nahe der Grenze zu Weißrussland liegt das Dorf Czarna Bialostocka. Dort bauen die Bewohner ein stillgelegtes Heizkraftwerk zu einer Kirche um (im Sommer 2005). Altar und Tabernakel, Kirchenbänke und das Harmonium haben sie schon geschenkt bekommen – von der katholischen Christ-König-Kirchengemeinde im niedersächsischen Diepholz. »Wenn alles gut geht, weihen wir die Kirche des Barmherzigen Jesus im kommenden Jahr«, sagt Pfarrer Andrzej Rynkowski. Der 43-Jährige stammt aus der Umgebung von Czarna Bialostocka. Er hat am Priesterseminar im 20 Kilometer entfernten Bialystok sowie an der Katholischen Universität Lublin studiert. Seit 16 Jahren ist er Priester. An die Zeit vor der Wende kann sich Rynkowski noch gut erinnern.

Czarna Bialostocka wurde von den kommunistischen Machthabern nach dem Zweiten Weltkrieg gegründet. Sie errichteten dort Holz verarbeitende Fabriken, Wohnungen für Arbeiter und ein großes Heizkraftwerk mit einem hohen Schornstein. »Was sie bewusst nicht bauten, war eine Kirche«, erzählt Rynkowski. Nach der Wende gingen etliche Holzfabriken des Ortes Pleite. Seitdem sind viele Bewohner arbeitslos; die Jüngeren wandern nach London ab. Vor zwei Jahren wurde auch das Kraftwerk stillgelegt. Es hatte die Luft mit zuviel Rauch und Kohlenstaub verpestet. Pfarrer Rynkowski erkannte die Chance: Das Heizkraftwerk stand mitten im Ort, die Bausubstanz war solide – ideale Bedingungen für den Umbau zur Kirche. »Wir haben das Kraftwerk von der Ortsverwaltung im Tausch gegen ein kircheneigenes Grundstück erworben«, sagt der Pfarrer. Seitdem beschäftigen sich etliche Mitglieder der Pfarrgemeinde mit dem Umbau. Von montags bis samstags mauern, hämmern und sägen sie in dem 500 Quadratmeter großen Gebäude. Einige beteiligen sich stundenweise. Andere arbeiten von morgens bis nachmittags – und alle verzichten auf ihren Lohn. So hofft Pfarrer Rynkowski, mit 600.000 Zloty (etwa 146.000 Euro) für Baumaterial auszukommen. Das Geld versucht er in Form von Spenden aufzutreiben – sogar in den USA, wo viele ausgewanderte Polen leben.

Der Kirchturm und die Kapelle im Keller des Kraftwerks sind schon fertig. Dutzende von Bänken aus hellem Kiefernholz stehen dort in zwei Reihen, an den Wänden zeigen farbenfrohe Gemälde den Leidensweg Christi. »Hier feiern wir jeden Tag eine heilige Messe. Da nehmen immer mindestens 150 Gläubige teil«, erzählt Pfarrer Rynkowski sichtlich stolz. Darüber, in der von Russ geschwärzten Halle, wo früher gewaltige Kessel und ein Gewirr von Rohren und Ventilen dominierten, stützen zurzeit Holzbohlen die Decke. Die Sakristei aus roten Ziegeln ist schon gemauert, das Presbyterium bereits eingerüstet. »Links daneben kommt ein großes Jesusbild an die Wand«, sagt Rynkowski. Die Kirche im früheren Heizkraftwerk erhält darüber hinaus eine Pfarrerwohnung sowie Versammlungsräume und sogar eine Räucherkammer. »Ich bin halt ein leidenschaftlicher Angler«, gesteht Rynkowski und lächelt. In seiner knappen Freizeit gehe er oft zum Fischen an einen See in der waldreichen Umgebung. Im Herbst kann man dort nach seinen Worten herrlich Pilze sammeln. »Und manchmal hört man da draußen auch die Wölfe heulen«, sagt der Pfarrer.

Papst-Begräbnis: Sonderzüge nach Rom

Die grüne Lok ist mit Fahnen und Trauerfloren geschmückt. Alle elf Personenwaggons dahinter sind bis auf den letzten Platz besetzt. Aus den Fenstern schauen meist junge Leute. Sie schwenken weiß-rote Fahnen – die Farben Polens. An den Türen kleben Fotos von Johannes Paul II. »Für mich ist das eine ganz besondere Ehre, diesen Zug zu steuern«, sagt Lokführer Andrzej Trojanek. Der 45-Jährige fährt den ersten Sonderzug mit Trauernden von Warschau nach Rom (am 6. April 2005). Pünktlich um 18.30 Uhr ist er in Warschau-Wschodnia abgefahren. Drei weitere Sonderzüge starten in den folgenden drei Stunden. »Etwa 24 Stunden dauert die Fahrt bis in die Ewige Stadt«, sagt Trojanek. Etwa zwei Millionen Polen wollen in den nächsten Stunden in Richtung Rom aufbrechen, um beim Begräbnis des Papstes dabei zu sein. Die Tageszeitungen haben deshalb am Mittwoch Sonderseiten mit Reisetipps und Routenempfehlungen für Autofahrer veröffentlicht. Doch nicht alle Pilger wollen oder können die 1800 Kilometer von der Weichsel an den Tiber mit dem eigenen Wagen zurücklegen. Daher hat die polnische Fluggesellschaft LOT hat am Mittwoch vier Sonderflüge nach Rom aufgelegt. Hin- und Rückflug kosten umgerechnet ab etwa 310 Euro. Omnibusgesellschaften bieten derzeit Rom-Touren für 150 Euro an. Die Bahn setzt ab Warschau sowie ab Krakau insgesamt sechs Sonderzüge nach Rom ein. Sie berechnet für die Fahrt von Warschau nach Rom und zurück 110 Euro.

»Ich habe 18 Stunden angestanden, um eine Bahnfahrkarte für den Sonderzug nach Rom zu bekommen«, sagte Jacek Salkowski aus Legionowo bei Warschau. Die polnische Eisenbahn hatte mit dem Verkauf erst am Dienstag begonnen. Pro Person gab es höchstens acht Fahrkarten. So sollte jeder Zwischenhandel mit den begehrten Billets verhindert werden. Besonders heiß begehrt waren die raren Plätze in den wenigen Liegewagen. »Wir kriegen vielleicht 600 Liegenwagenplätze zusammen«, erklärte Bahnsprecherin Anna Rosiek.

Rucksäcke, Isomatten, Schlafsäcke: Die durchweg jugendlichen Sonderzug-Passagiere sind so ausgerüstet, dass sie in Rom auch im Freien übernachten können. »Ich habe mich spontan zu dieser Fahrt entschieden«, sagt Daniel Szulin aus Sulejowek. Der Umweltschutz-Student hat zu Hause etwas Proviant in seinen Rucksack gepackt und sich dann die weiß-rote polnische Fahne mit dem schwarzen Trauerflor unter den Arm geklemmt. »Ich habe Butterbrote, Speck und eine Thermoskanne Tee dabei«, verrät Aleksandra Knitter. Eigentlich studiert sie in Danzig Wirtschaftswissenschaften. Doch am Mittwoch hat sie sich mit einigen Freundinnen am Vormittag in Danzig in den Zug gesetzt, um am späten Nachmittag den ersten Sonderzug von Warschau nach Rom noch zu erreichen. »Das bin ich dem heiligen Vater doch schuldig«, sagt sie. »Papiez hat uns junge Leute verstanden.«

»Die ganze Welt weint«

Millionen Gläubige versammelten sich am Donnerstagabend (7. April 2005) in vielen Städten in ganz Polen, um für den verstorbenen Papst Johannes Paul II. zu beten. Allein in Krakau zog nach Schätzung der Polizei eine Million Menschen im »Weißen Zug der Dankbarkeit« vom Marktplatz zur Blonia-Wiese am Stadtrand. Dort begann um 19 Uhr eine heilige Messe unter der Leitung von Bischof Jan Zajac. Alle Teilnehmer trugen etwas Weißes – entweder ein weißes Kleidungsstück, eine weiße Fahne oder eine weiße Kerze. Dazwischen waren viele Transparente mit der Aufschrift »Heiliger Vater, wir danken Dir« zu sehen. Hunderttausende weißer Kerzen funkeln und glitzern in der Dunkelheit. Ein Lichtermeer in der Unendlichkeit. Dazwischen flattern Kirchenfahnen im milden Abendwind. Ein riesiges Jesusbild hängt hinter dem schlichten Feldaltar. »Wir haben die Veranstaltung bewusst bescheiden gestaltet«, sagte Studentenpfarrer Piotr Iwanek Das sei der Wunsch der Krakauer

Studenten, die den »Weißen Marsch der Dankbarkeit für das päpstliche Pontifikat« initiiert haben.

»Die ganze Welt schweigt. Die ganze Welt weint über den Heimgang des heiligen Vaters«, sagte Bischof Józef Guzek. »Die heutige Messe ist ein Dank an Johannes Paul II., der so viel für uns und für die Welt getan hat«, betonte der Bischof. Mit einem Appell und einem Gebet endete die Messe um 21.37 Uhr – genau in der Todesstunde von Johannes Paul II. Zu der Zeit hatte in Warschau die heilige Messe auf dem Pilsudski-Platz, dem größten Platz im Stadtzentrum, gerade erst angefangen. Vor allem Studentinnen und Studenten nahmen teil. Bischof Piotr Jarecki leitete die Liturgie. In Poznan (Posen) begann um 21 Uhr in der Dominikaner-Kirche ein Kammerkonzert des polnischen Radios Amadeus zum Gedenken an den Papst. In Olsztyn (Allenstein) feierten die Gläubigen am Abend unter freiem Himmel im Kusocinski-Park einen Gedenkgottesdienst zu Ehren von Johannes Paul II. Das Symphonie-Orchester der Olsztyner Philharmonie unter der Leitung von Piotra Wajraka intonierte dazu gemeinsam mit einem Chor Mozarts »Requiem«.

Aus für Papst-Mokassins

Stanislaw Zmija, der Schuhmacher des Papstes, will nie wieder die von Johannes Paul II. so sehr geliebten Mokassins herstellen. Das kündigte Zmija am Freitag (8. April 2005) im polnischen Fernsehen an. Zuletzt habe er dem Papst zu Weihnachten ein Paar Mokassins gemacht: aus hellbraunem weichem Leder, Größe 44, mit hohem Spann. »Das musste so sein, weil der Papst breite Füße hatte und sehr oft niederkniete«, sagte der sichtlich gerührte Schuhmacher. Ein befreundeter Pfarrer habe die Mokassins für den Papst vor Weihnachten mit nach Rom genommen. Zmija hat 23 Jahre lang Schuhe für Johannes Paul II. hergestellt. Seine Werkstatt befindet sich im südpolnischen Dorf Stanislaw Dolny, kaum 20 Kilometer entfernt von Wadowice, dem Geburtsort von Karol Wojtyla. Zmija hat vor kurzem einen Schlaganfall erlitten. Eine Gesichtshälfte ist gelähmt und er kann sich nur noch mit Mühe bewegen. Sein Sohn führt die Schuhmacher-Werkstatt fort.

Die zweitgrößte Devotionalienmesse der Welt

Selten läuten Kirchenglocken im südostpolnischen Kielce so oft wie in diesen Tagen. Mal bimmelt ein elektronisch gesteuertes Glockenspiel vor den Messepavillons. Dann wieder hallt der feierliche, tiefe Klang einer Großglocke über das Ausstellungsgelände am Rande der Stadt, die zwischen Warschau und Krakau liegt. Immer wieder eilen Priester und Nonnen vorbei. Einige tragen Plastiktüten voller Werbeprospekte. Andere treffen Bekannte, halten ein Schwätzchen. Und von der Wiese nebenan, auf der Sonnenschirme sowie lange Tische und Bänke stehen, weht der Duft von Grillwürsten herüber. »Willkommen zur Sacroexpo«, sagt Pressesprecherin Edyta Ruszkowska. Die Sacroexpo ist Europas zweitgrößte Ausstellung für Devotionalien, Sakralkunst sowie den Bau und die Ausstattung von Kirchen. 237 Aussteller aus zwölf Ländern zeigen von Montag bis Mittwoch (15. Juni 2005) alles, was katholische Pfarrer für ihren Beruf benötigen – vom filigran bestickten Ornat und handgeschnitzten Rosenkränzen bis zu Glasmosaiken und Kirchturmspitzen aus Kupfer. Der polnische Primas, Kardinal Jozef Glemp, und der orthodoxe Erzbischof Jeremiasz haben die Schirmherrschaft über die Sacroexpo inne.

Blickfang und Leitmotiv der Messe ist jedoch Papst Johannes Paul II. In einem abgedunkelten Saal erinnern Fotos und Gemälde an seine Pilgerreisen. Und schon vor dem Eingang zu den Messehallen steht ein halbes Dutzend bronzener Statuen und Büsten des Papstes, umringt von Jesus-, Petrus- und Marienfiguren. »Die Pfarrer bestellen jetzt vor allem den Jan Pawel II., um ihn vor den Kirchen aufzustellen«, sagt Ausstellerin Agata Siwon. Sie betreibt mit ihrem Mann und zehn Arbeitern eine Bildhauer- und Gießerei-Werkstatt in Lowce nahe der polnisch-ukrainischen Grenze. Beliebt sind nach ihren Angaben vor allem die 1,70 Meter hohen Papstfiguren, weil sie so lebensecht wirkten. »Alles Handarbeit«, versichert die Chefin. Ein Aufwand, der seinen Preis fordert. So kostet das Papststandbild in Lebensgröße 4500 Zloty, umgerechnet 1100 Euro. Sie könne Johannes Paul II. jedoch auch im Großformat liefern. »Für eine solche vier Meter hohe Papstfigur berechnen wir 2500 Euro«, sagt Agata Siwon.

Sobald Besucher die Messehallen betreten, hören sie zunächst einen Wasserfall plätschern und ein Käuzchen rufen. Dann sind es nur noch wenige Schritte, und schon stehen sie vor naturgetreu modellierten Krippen mit Maria, Josef und dem Jesuskind. Liebevoll präparierte Füchse und Bambis, die auf echtem Waldboden stehen, bestaunen das Wunder namens Jesuskind. Am Nachbarstand hat Teresa Urbanowicz aus Wroclaw (Breslau) ihren Stand mit weißen, fein bestickten Altardecken aufgebaut. »Der Trend geht eindeutig zu großen Decken aus synthetischem Material«, sagt Frau Urbanowicz. Und sie weiß auch warum: »Die Altäre der neuen Kirchen sind größer als die Altäre in den alten Kirchen, und die Kunststoffdecken sind leichter zu pflegen.«

Der Schneider Leszek Grzyb hat ebenfalls einen Modetrend festgestellt. Der Krakauer Produzent von Pfarrerhemden hat in diesem Jahr besonders viele Bestellungen von grauen Hemden aufgenommen. »Wir produzieren noch selbst in Krakau«, versichert er. Ein Pfarrerhemd gibt es bei ihm ab 30 Zloty, umgerechnet 7,50 Euro. Die Anbieter von Hostien, elektrischen Grableuchten und Messwein aus Österreich bewegen sich in ähnlichen Preiskategorien. Sie locken deshalb recht viel Laufkundschaft an ihre Stände.

Ganz anderes sieht es bei Stanislaw Dziarmaga aus: Zu ihm kommen nur wirklich Interessierte. Denn der Tischler aus Lagów hat sich auf die Herstellung von Beichtstühlen spezialisiert. »Ja«, sagt er, »heute waren schon einige Interessenten da. Ich hoffe, dass wir bis Mittwoch das eine oder andere Geschäft abschließen.« Dziarmaga verwendet Eichenholz. »Obwohl die Pfarrer zunehmend schlichte Beichtstühle für die neuen Kirchen ordern, steckt da viel Handarbeit drin«, sagt er. Daher müsse man mit zwei bis drei Monaten Lieferzeit rechnen. Ein Beichtstuhl kostet bei ihm etwa 1900 Euro.

Kunden von Nadija Kondzak-Zemlynska müssen noch tiefer in den Geldbeutel greifen. Die Künstlerin aus Lviv, dem früheren Lemberg in der Ukraine, verkauft an ihrem Messestand in Kielce handgeknüpfte Wandteppiche mit östlich anmutenden Motiven. »Sie sind als Schmuck für griechisch-katholische und orthodoxe Kirchen gedacht«, sagt sie. Mit 3000 Euro für einen tischdeckengroßen Wandteppich müsse man schon rechnen.

Anna Krzak hält auf der »Sacroexpo« ebenfalls Ausschau nach Kunden. Sie verteilt an ihrem Stand Infomaterial von der Konkurrenzmesse »Koine« im italienischen Vicenza. »Hier in Kielce gibt es viele interessante Aussteller. Das ist doch eine gute Umgebung für unser Marketing«, sagt sie und lächelt. Bilder vom Petersdom und der Altstadt Jerusalems, aber auch von Massaifrauen mit roten Perlenketten zieren die Prospekte, die der Franziskanermönch Zbigniew Swed auf der »Sacroexpo« verteilt. Swed leitet das Warschauer Pilgerreisebüro »Patron Travel« und freut sich über den regen Zuspruch der Messebesucher in Kielce. »Am meisten fragen die Leute nach Reisen zum Grab von Johannes Paul II.«, sagt Swed. Er hat dafür sechstägige Busreisen (für 250 Euro) und fünftägige Flugreisen (für 490 Euro) im Programm. Johannes Paul II. bleibt in Polen allgegenwärtig, und Veranstaltungen zu seinem Gedenken locken weiterhin viele Besucher an.

Wadowice trauert um Johannes Paul II.

Es ist schon dunkel in Wadowice. Sterne funkeln am Himmel; Schneereste schimmern matt vor der Marien-Basilika. Wie ausgestorben wirkt der Platz vor der Zwiebelturm-Kirche – bis eine kleine Frau um die Ecke biegt. Sie trägt einen schwarzen Hut und einen braunen Mantel. Schnurstracks geht sie zur Büste von Papst Johannes Paul II., die rechts neben dem Kirchenportal steht. Die Büste ist mit gelben Rosen und weißen Margariten geschmückt. Pani Bronislawa stellt ihre Plastiktüte auf den Boden, faltet die zerfurchten Hände und neigt ihr Haupt zum stillen Gebet. »Ich komme fast jeden Abend hierher, das bin ich unserem Papst doch schuldig«, sagt die 73-Jährige. Jetzt (im März 2006), kurz vor dem ersten Jahrestag des Todes von Johannes Paul II., denke sie besonders oft und voller Schmerz an den Heimgang des berühmtesten Sohnes von Wadowice. »Wissen Sie«, sagt Pani Bronislawa, »ich bewundere seine Lehren, ich habe ihm unendlich viel zu verdanken.« Als junge Frau sei sie so arm gewesen, dass die Ärzte ihr zur Abtreibung rieten. »Das habe ich aber nicht getan, weil ich Gottes Gebote achte. Nun habe ich schon drei gesunde Enkelkinder«, sagt die Rentnerin. Dann bekreuzigt sie sich und eilt über den menschenleeren, nach Johannes Paul II. benannten Platz nach Hause.

Doch wo sind die Jugendlichen an diesem Freitagabend in Wadowice? Sie drängen sich in der Basilika, um an einer Gedenkveranstaltung für den verstorbenen Papst teilzunehmen. Sein Bildnis hängt links neben dem Hauptaltar. Darunter prangt die Inschrift: »Wir beten für die Seligsprechung von Johannes Paul II.« Vor allem junge Frauen sitzen in den Kirchenbänken dicht an dicht; modisch gekleidete Pärchen füllen den ganzen Raum zwischen den Bänken und dem schweren Vorhang am Portal. Nirgends klingelt ein Handy. Stattdessen flackern Kerzen vor den Seitenaltären. Fahnenträger marschieren ein, ihnen folgen Schülerinnen und Schüler mit weiß-roten Schärpen. »Wir hören heute Abend philosophische Texte von Johannes Paul II. Sie drehen sich um das Geheimnis des Rosenkranzes und des Lichts«, erklärt Anna Milkowska. Die Pädagogin aus Poznan (Posen) hat die Veranstaltung organisiert. Schülerinnen und Schüler der Tischner-Schulen aus ganz Polen tragen Texte vor, die Johannes Paul II. in verschiedenen Phasen seines Lebens geschrieben hat. So zum Beispiel auch eine Meditation über den Berg Tabor im Heiligen Land. Zwischen den Lesungen erklingen Chorgesänge, werden Dias von biblischen Stätten in den Altarraum projiziert. »Johannes Paul II. hatte glasklare Ansichten. Er war direkt. Deshalb ist er noch immer wichtig für uns, deshalb trauern wir um ihn«, sagt Malgorzata Guzdek. Die 18-jährige Schülerin ist aus einem benachbarten Dorf zu dem Gedenkabend nach Wadowice gekommen.

Aus der ganzen Welt hingegen strömen Besucher in das Geburtshaus von Johannes Paul II. Es findet sich links neben der Basilika in der Koscielna-Straße. Im Innenhof des Anwesens steht in gelber Schrift auf einem blauen Schild: »Ich habe Euch gesucht und jetzt seid Ihr zu mir gekommen« – Worte, die Johannes Paul II. am 2. April 2005, an seinem Todestag gesprochen hat. Die Worte wirken: Die Schülergruppe hört zu kichern auf und steigt still die eisernen Treppenstufen hoch zum ersten Stock, wo sieben Ausstellungsräume zu besichtigen sind. Zwei der Zimmer und eine Küche hatte Familie Wojtyla von 1919 bis 1938 gemietet. Dort wurde Karol Jozef Wojtyla, der spätere Papst Johannes Paul II., am 18. Mai 1920 als drittes Kind von Emilia und Karol Wojtyla geboren. »Seit dem Tod unseres Papstes haben sich die Besucherzahlen hier im Museum fast verdoppelt«, erzählt Schwester Daniela vom Orden der Nazarenerinnen, die das Papst-Geburtshaus verwalten. Im vergangenen Jahr kamen 431.411 Besucher, im Jahr davor waren es 230.509 Personen. Nach den Italienern stellten die Deutschen 2005 mit 6727 Besuchern die größte ausländische Gruppe, sagt Schwester Daniela. Tief beeindruckt zeigen sich nach ihrer Beobachtung die Gläubigen von der kargen Möblierung der elterlichen Wohnung des späteren Papstes. Das Haus gehört seit 1911 der Familie Balamuth, die es jetzt verkaufen will. Der in den USA lebende Eigentümer Ron Balamuth hat nach Angaben seines Rechtsanwalts bereits einen Vorvertrag mit einem polnischen Interessenten geschlossen. Der Fortbestand des Papstmuseums sei jedoch garantiert. Das hofft auch Aneta Widlarz, die in der Touristen-Information von Wadowice arbeitet. Das Büro befindet sich mitsamt dem Stadtmuseum direkt gegenüber dem Papstmuseum in einem Gebäude, in dem früher ein Gasthaus war. Lindgrünes Deckengewölbe, spiegelblanker Parkettfußboden: Wo sich Gäste heute über Unterkünfte und Veranstaltungen informieren, aßen Karol Wojtyla und sein Vater nach dem Tod der Mutter regelmäßig zu Mittag, erzählt Aneta Widlarz. Sie verteilt auch Programmzettel, auf denen die Feierlichkeiten zum Todestag des Papstes aufgelistet sind. Am 2. April, dem Todestag von Papst Johannes Paul II., wird vormittags im Wadowicer Stadtmuseum feierlich eine Fotoausstellung (von AFP) über ihn eröffnet. Ihr Titel lautet: »Ich habe Euch gesucht und jetzt seid Ihr zu mir gekommen«. Am selben Tag, mittags um zwölf Uhr, feiern die Wadowicer eine Gedenkmesse für Johannes Paul II. auf dem Platz vor der Basilika. Der Krakauer Bischof Tadeusz Pieronek wird die Messe zelebrieren (er leitet auch das polnische Seligsprechungsverfahren für Johannes Paul II.). Um 20 Uhr folgt eine weitere Messe auf dem Platz vor der Basilika unter Leitung von Bischof Jozef Guzdek. Eine Stunde später gehen die Gläubigen den Kreuzweg mit Kerzen um den Marktplatz. Ihren Höhepunkt erreichen die Gedenkveranstaltungen dann um 21.37 Uhr: In der Todesstunde von Johannes Paul II. wollen die Wadowicer vor seinem Geburtshaus gemeinsam beten. Für viele von ihnen ist »Papiez« schon jetzt heilig.

Nachwort

In einem kleinen, weißen Rahmen befindet sich in meinem Büro ein Foto. Es zeigt Papst Johannes Paul. II, wie er meine älteste Tochter Luise segnet und küsst. Das Foto entstand vor über zwei Jahrzehnten Anfang der 90er Jahre im Petersdom in Rom.

Einige Jahre später, als ich mit meiner Frau und Tochter nach mehr als zwei Jahren von Italien nach Berlin zurückkehrte, lernte ich als Volontär bei der Tageszeitung DIE WELT Joachim Barmwoldt kennen. Unsere erste Begegnung war im Rahmen meiner Ausbildung der Axel-Springer Journalistenschule. Joachim war damals der zweite Mann in der Reiseredaktion. Er plante als stellvertretender Ressortleiter die Seiten der wöchentlichen Beilage. Joachim war bei den Tageszeitungsjournalisten ein geschätzter Kollege, galt als sehr gewissenhaft und war wegen seines fundierten Wissens geachtet. Von ihm konnte jeder »Volo« viel lernen: von der Themenfindung über das Blattmachen, Layout, Fotogestaltung, Grafik, Redigieren, ja selbst bis zum Texten von scheinbar banalen Kurzmeldungen. Insofern darf ich rückblickend auch festhalten, dass ich bei Joachim Barmwoldt in die Lehre gegangen bin und selbst später als Jungredakteur in der Reiseredaktion von ihm viele nützliche Tipps mit Blick auf das journalistische Handwerkszeug lernen durfte.

Als ich zum TV und Jahre darauf in die Konzernzentrale von Bertelsmann nach Gütersloh ging, verloren wir uns etwas aus den Augen. Aber den Kontakt ließen wir nie abreißen. Joachim lebte und arbeitete mit seiner Familie nun in Moskau. Mich zog es wieder in die deutsche Hauptstadt zurück. In dieser Zeit haben wir unseren geistigen Austausch neu aufgenommen und intensiviert. Gemeinsam realisierten wir mit einigen Kollegen das Buch »Mama zahlt!« über Frauen als Familienernährerinnen, das kürzlich im Herder Verlag publiziert wurde. Das Buchkonzept brachte ich mit. Der Titel »Mama zahlt!« war eine Idee von Joachim.

Nun liegen mir Joachims publizistische »Beobachtungen in Polen von 2001 bis 2007« vor, dessen letztes Kapitel dem polnischen Papst gewidmet ist. Es ist übrigens der einzige Heilige Vater, dem ich einmal persönlich und direkt gegenüber stehen und mit ihm einige wenige Sätze auf deutsch (!) austauschen durfte. Das verbindet meine Biographie mit dem Wirken von Joachim in Polen auf wundersame Weise, ohne dass hier ein Plan vorgelegen hätte. So nahm ich dankbar diese Fügung an, als ich um dieses Nachwort meines Lehrers, Ex-Kollegen und Freundes Joachim Barmwoldt gebeten wurde.

Auch wenn einige der hier vorliegenden kleinen Reportagen mittlerweile ein Jahrzehnt oder älter sind, haben diese journalistischen Beobachtungen fast schon den Charakter historischer Lehrstunden: Wenn man beispielsweise Altkanzler Schröder bei der Eröffnung im Museum des Warschauer Aufstandes wieder beggenet oder das Interview mit dem Friedensnobelpreisträger und Gründer der Solidarnosc, Lech Walesa, liest.

Schon als Kind war ich zusammen mit meinen Eltern das erste Mal im damals noch kommunistisch regierten Polen zu Besuch. In Grünberg (heute Zielona Góra) gab es eine weitläufige Verwandte. Außerdem stammten meine Großeltern mütterlicherseits aus der Neumark nahe Berlinchen, das heutige polnische Barlinek in der Woiwodschaft Westpommern. Dort wurden auf einem Bauernhof meine Mutter und ihre ältere Schwester geboren, den die Großeltern mit ihren kleinen Kindern in einem klapprigen Holzhandwagen einige Monate nach dem Ende des 2. Weltkrieges verlassen mussten. Selbst zu Zeiten des Kriegsrechtes von 1981 – 1983 reisten wir auf Einladung in unser östliches Nachbarland, als die Grenzen für normale Touristen geschlossen waren. Später als Studenten der Kunstgeschichte unternahmen wir Exkursionen nach Schlesien. Auch Warschau kenne ich aus dieser Zeit, als wir dort einmal für eine knappe Woche in einem Studentenwohnheim - illegal - wohnten.

Aber so wie Joachim für Jahre in Polen gelebt, habe ich nie. Auch aus diesem Grund las ich mit Interesse die Berichte über den Alltag kurz nach der Jahrtausendwende, als Polen erneut im Umbruch war und mit großen Schritten auf Europa zuging. Die politischen Bestechungsskandale waren mir aus den Medien noch in Erinnerung, doch von den giftigen Wasserhähnen, den Warschauer Eisbussen oder den expandierenden Eliteghettos hatte ich bisher nichts gehört. Neu war für mich auch die Geschichte der muslimischen Tartaren im äußersten Südosten Polens. Ebenso wie die Reisebilder vom Riesengebirge, der Odergrenzregion, der polnischen

Ostseeküste um den alten Kurort Kolberg oder die Naturschilderungen im Bieszcady Nationalpark, die ich mit großem Erkenntnisgewinn las. Joachim Barmwoldts Buch weckte in mir einerseits alte Erinnerungen und machte mir andererseits spontan neue Lust auf Polen, und auf seine mir unbekannten Seiten und Reiseziele. Zu diesen sollte bald auch einmal Wadowice gehören, jener Ort, wo Johannes Paul II. geboren wurde, dem bedeutenden Papst, dem die Welt, Europa, aber auch ich persönlich viel zu verdanken haben…

Rocco Thiede
Woltersdorf bei Berlin im Januar 2014